TOON TELLEGEN
Bijna iedereen kon omvallen

きげんのいいリス

トーン・テレヘン
長山さき 訳

新潮社

きげんのいいリス

BIJNA IEDEREEN KON OMVALLEN

by

Toon Tellegen

Nederlands
letterenfonds
dutch foundation
for literature

This book was published with the support of the
Dutch Foundation for Literature.

Illustrations by Daisuke Soshiki
Design by Shinchosha Book Design Division

I

「ぜったい、ひっくり返らないの？」アシの茂みに一本足で立っているサギを見て、リスがたずねた。

「うん」サギが答えた。「ひっくり返れないんだ」

「試してみたことある？」リスが聞いた。

「うん、何度もやってみた。でも、だめだった」

「だれでもひっくり返れると思うよ」

「でも、ぼくには無理なんだ」

一瞬、会話がとだえたあと、小さな声でリスが言った。「ぜったいにひっくり返れるよ」

「カエル」大きなハスの葉の上にいるカエルのほうを振りむいて、サギは言った。「ぼく、ひっくり返れたっけ？」

「いいや。でも、オレはできる！」

カエルは伸びをして一本足で立つと、ぐらぐら揺れてすべり、「わーっ！」とさけんで、背中から水に落ちた。

それからカエルは、またハスの葉の上によじのぼり、大声で言った。「どうだった？　すばらしいひっくり返りだっただろ？」

「うん」サギが言った。「すごい。ぼくにはできないよ」

でもリスは信じようとしなかった。

「その一本足で立ってるほうの足を上げれば、ぜったいひっくり返るよ」リスは言った。

「この足は上げられないんだ」サギが言った。

「どうして？」

「これは不動の足なんだ」サギは眉をひそめて言った。「頼むから信じてくれよ」

「ひっくり返ってみたい？」リスがたずねた。

「うん、とっても」サギが言った。「ものすごくとっても、ひっくり返ってみたい」サギの目から頬をつたって、一筋の涙がこぼれた。

リスは、アリやその他のどうぶつたちに助けを求めることにした。「だれでもひっくり返れるものなんだよ。クジラだって、ミミズだって」アリは確信をもって言った。

やがておおぜいが、川のほとりにあつまってきた。みんな上手にひっくり返ることのできるど

うぶつたちで、どうにかしてサギの力になりたいと思った。

最初にアイディアを出したのはゾウだった。ゾウはサイといっしょにものすごい勢いでサギに体あたりした。どすんとぶつかり、ゾウとサイは背中から水に落ちて、残念そうにばたついた。でも、サギは片足で立ったまま「いてっ」と言っただけだった。

それからどうぶつたちはつぎつぎにサギをひっくり返らせようと試みた。くすぐったり、耳のそばでとつぜん音をたてたり、すごく奇妙な話を聞かせてみたり、サギのくちばしの前に湯気の立つうろこのケーキをゆらゆらぶら下げたり、なるべく強く足を踏んづけてみたりした。でも、サギはひっくり返らなかった。

サギの足の下にトンネルを掘っていたモグラが、ぼそっとつぶやいた。

「なにをやっても、なにもかもが崩壊してしまう日もあるんだけどね」

「うん。たしかにそんな日もあるね」アリが言った。

太陽が地平線のむこうに姿を消したとき、どうぶつたちはあきらめて家路についた。

夕暮れの川べりのアシの茂みに、サギだけが残った。ぼくはいつもいつも立ってばかりいるなあ。サギは悲しげにそう思った。そうしてサギはときどき、うらやましそうにカエルのほうを見た。カエルはハスの葉の上で跳びはね、何度もたやすくすべってはひっくり返っていた。

2

ある朝、リスはアリに手紙を書いた。

アリへ
話したいことがあるんだけど、手紙のほうがいいかと思ったので、こうして手紙を書いています。
でも、やっぱり直接言ったほうがいいかもしれません。

リス

風が吹いて、手紙をアリに届けた。よく晴れた日で、しばらくするとアリがリスの家にやって来た。
「こんにちは、リス」アリは言った。

「こんにちは、アリ」リスは言って、手をこすりあわせた。

アリとリスはハチミツと砂糖漬けのブナの実とあまいヤナギの木のかけらをいっしょに食べながら、アリは知っているけれど、リスはまだ知らないか、あるいはもう忘れてしまったいろいろなことについて話した。

遠くではツグミが鳴き、あけはなった窓から陽光が差しこんでいた。

さいごに、アリがせきばらいをしてたずねた。「で、ぼくになにを話したかったの？」

リスは床を見つめ、それから天井を見つめてじっと考え、深いためいきをついて言った。「やっぱり手紙のほうがいいと思うんだ」

「いいよ」アリは言った。

その夜、リスは新たに手紙を書いた。やっぱり直接言ったほうがいいと思う。でも、どっちにしてもたいしたことではない。リスはそう書いた。

その手紙を受け取ったとき、アリはなんのことなのか、ますます知りたくてたまらなくなった。

3

カミキリムシは窓ぎわの椅子にすわってためいきをついた。くたびれたので、一時間ほど昼寝をしようと思ったちょうどそのとき、ドアをたたく音が聞こえた。

「だれですか？」カミキリムシはたずねた。

「ぼく」声が答えた。「コオロギです」ドアがあいたが、目に見えるものはなにも入ってこなかった。

「どこにいるんです？」

「ぼくはコオロギの声だけです」と声が言った。「残りは、いま来ます」

カミキリムシは深いためいきをつき、仕事だ、と思った。

しばらくして、あいたドアからコオロギのにおいがさっと流れこんできた。風が触角、大あご、胴体をじゅうたんの上に吹き寄せた。

その直後、とつぜん部屋のなかが落ち着かなくなった。コオロギの考えがひとつ、またひとつと飛んできたのだ。

「爆発したんです」声が言った。

「そうですね」カミキリムシが言った。

「治していただけますか？」

「もちろん」

だれかが爆発したときには、いつでもぼくを頼りにしてもらえばいい。

まもなくコオロギは元どおりになった。コオロギは顔をしかめ、膝をあごに引き寄せ、羽根をはためかせてみた。どれもうまく動いた。

コオロギはカミキリムシにお礼を言った。でもコオロギは、なぜか暗い面持ちで出ていった。

カミキリムシは、コオロギの陽気な考えを、うっかり入れ忘れてしまったのだ。今日、これを使えるな、とカミキリムシは思った。

コオロギが視界から消え去ると、カミキリムシは机の上に立ち、陽気な考えを自分の頭に入れて、ちょっとしたダンスを踊ってみた。「ウッヒョー」と、いまだかつて出したことのない声でさけびもした。カミキリムシの知るかぎり、ほかのどうぶつがそんなふうにさけんだことはなかった。

それからカミキリムシは窓ぎわの椅子にすわり、一時間、昼寝をした。

4

ハリネズミは一度でいいから、空中に浮かんでみたいと思っていた。太陽のように。でも、それほど高くないところ――ブナの木のてっぺんくらいの高さで十分だった。森の空き地の上空に浮かんでピタリと止まり、下を見る。それがやってみたかった。

ハリネズミはアリから、長いあいだ思いつづけて辛抱づよく待てば、なんでも実現できる、と聞いたことがあった。

そこでハリネズミはとても長いあいだ、宙に浮かぶことを考え、辛抱をかきあつめて待った。

ある日、ハリネズミは宙に浮かぶことができた。

夏の終わりで、木の葉はすでに色あせ、森じゅうに松ヤニとモミの葉のあまいにおいがただよっていた。スズメバチはせかせかとバラの茂みを飛び、モグラは地面を下からトントンとたたいた。リスはアリといっしょに旅に出るか、なかよく家にいるかどちらかにしようと、アリのところに向かっていた。とつぜん、リスはハリネズミが浮かんでいるのを見つけた。

「ハリネズミ！」おどろいてリスはさけんだ。

「おーい、リス！」ハリネズミが言った。

「なにしてるの？　そんなところで」

「浮かんでるんだ」

「浮かんでる？　そんなのムリでしょ！」

「でもほんとに浮かんでるんだよ」

「糸でぶら下がってるの？」リスがたずねた。

「ううん。なんにもぶら下がってないよ」

「なにか見えないものにすわってるの？」

「ううん。浮かんでるんだよ」ハリネズミは少しだまってから言った。

「ずっと長いあいだ、浮かびたいって考えてたんだから」

遠くではカラスが鳴き、ガンが空高く二つの雲のあいだを飛んでいた。それ以外、森にはなんの物音もしなかった。

「かんたんなの？　浮かんでるのは」リスがたずねた。

「うーん、かんたんねえ……」ハリネズミが言った。「かんたんじゃなくってもいいんだよ。そんなこと、考えてなかった」

ハリネズミのからだはかなり斜めになっていて、ときどき少し不安そうに下を見た。

リスはハリネズミの斜め下にある石の上にすわった。

「ぼくのいちばんの願いだったんだ」ハリネズミがしずかに言った。

リスはうなずいた。

長いあいだ、リスとハリネズミはじっとしていた。

夕方、ハリネズミは下に落っこちた。どんと地面に当たり、針が二十本ほど曲がってしまった。

でも、ハリネズミはぜんぜん痛そうではなかった。

「気持ちよく浮かんだよ。太陽みたいだったと思わない？　リス」

「うん」リスは答えた。

「ぼく、輝いてた？」ハリネズミが聞いた。

「ちょっとね」

「ぼくの針、遠くから見ると光線みたいだったと思うんだ」

「うん」

「もしかしたら、太陽の光も近くで見たら針みたいかもしれない」

「そうかもしれないね」リスは言った。

「ぼく、太陽と同じものをもってるんだ」ハリネズミはリスに、というより自分自身にむかって言った。

リスは曲がった針を直すのを手伝った。

「こんどはずっと、どうすれば音をたてずに歩けるか考えよう。いつもガサゴソしちゃうから」

ハリネズミが立ち去ろうとすると、ガサゴソ音がした。

「ほらね、これがいやなんだよ」

リスはハリネズミにじゃあね、と言って、反対の方角に歩いていった。

リスは〈考える〉ということについて考えてみた。

どうしてぼくは長いあいだなにかを考えることができないのだろう。ぼくっていったいなんなんだろう？

リスはつまずき、せきばらいをして、考えこみながら歩いていった。

5

ラクダのパーティーで、ホタルがミミズのとなりにすわっていた。

ホタルはぽっと光って言った。「ねえ、ミミズ、たまにぼくが心配になること、なんだかわかる？」

「ううん」ミミズが言った。

「ぼくの明かりが急につかなくなっちゃうっていうこと」

「へえ」ミミズが言った。「急に自分に明かりがついたらなんて、考えただけでもぼくはいやだけどね」

ホタルとミミズはおどろきの表情で見つめあった。なんだかへんな会話で、長いあいだ、どちらも黙っていた。

だいぶたってから、ホタルがたずねた。「いちどだけついてみたいと思わない？　ほんとにちょぼっとした明かりでいいから」

「思わない」ミミズが答えた。「逆に、どんな明かりでも消してしまえるなにかがあればほしいところだ。でもまあ……どうやって消すっていうんだろうね？」

ミミズは月を指さし、あきらめのためいきをついた。「太陽はもっとひどいしね」

「ぼくたちって、ぜんぜんちがうんだね」ホタルが言った。

「うん」ミミズも言った。

それからミミズとホタルはダンスをした。ホタルはごく弱くしか光らなかったので、あたりはほとんど真っ暗だった。それでもミミズの目は、まぶしいのがいやでなんど閉じても、ホタルの光にきらめいてしまった。

砂漠のはずれのしずかな夜だった。ラクダは満足げに岩の上に腰を下ろし、プレゼントを数えていた。まだ黙々とケーキを食べているどうぶつたちもいた。そのほかのどうぶつたちは眠っていた。

ミミズとホタルは何時間もダンスをした。

太陽が顔を出したとき、ミミズは言った。「もう行かなきゃ。さよなら、ホタル」ミミズは土の下に消えていった。

「さよなら、ミミズ」ホタルは言った。

ホタルはまだしばらく考えこんでいた。

それから、森にむかって飛び去った。はるか遠く、木々の上に輝く太陽を、ホタルは感嘆のまなざしで見つめた。

6

「リス、ぼく、旅に出なきゃならない」ある朝、アリが言った。

リスの家のまえの枝に並んですわっていたときのことだ。リスはまだ起きたばかりであくびをしていた。

「ほんとうに行かなきゃならないの？　って聞いちゃだめだよ」とアリは言った。「ほんとうに行かなきゃならないんだから」

「でも、そんなこと聞いてないよ」とリスは言った。

「うん、でもいまちょうど聞こうとしてただろう？　正直になれよ」

リスはだまってしまった。

「ぼくたちにできるのは、しずかにお別れすることだけなんだ」

「うん」リスは言った。

「なげいたり、涙をながしたり、さびしくなるな、とか早く帰ってきて、とか言ったりしないで

——ぼくはそういうのが大きらいなんだよ、リス。わかってくれよ」

リスはうなずいた。

「ちょっと戸口に立ってみて……」アリが言った。

リスは言われたとおり、戸口に立った。

アリはリスと握手をして言った。「じゃあね、リス、またね」

「さよなら、アリ」リスは言った。「よい旅を」

でもアリはその別れかたに満足できず、立ちつづけていた。

「のどを詰まらせているのが聞こえるんだよ、リス！」

やりなおしてみたが、こんどはリスの目に涙がきらめくのが見えた、とアリが言った。それに「よい旅を」というのもアリのお気に召さなかった。

「ぼくがいなくなるのがいやなんだろう、リス！　隠したってわかるんだぞ！」

リスはだまった。

「冷静になれよ！」アリがさけんだ。

リスはもういちど、「最良の旅を」という言葉でやってみて、そのあとにはなにも言わず、たがいの顔を見ないでやってみた。いままでやったことがないほど冷静に。でもアリは満足しなかった。

「これじゃあ旅に出られないよ」むっとしてアリは言った。「実際、どうしても旅に出なきゃならないのに。ぜったいにどうしても！」

「うん」とリスは言った。

それからどちらもだまって、のぼってくる太陽の光を浴びながら、リスの家のまえの枝にすわっていた。森はモミの木の匂いに満ち、遠くではツグミがうたっていた。

7

ある朝、リスが戸口から出てくると、ヤナギの木のはるか上空の小さな白雲に、ゾウが腰かけているのが見えた。

「リス！」ゾウはさけんで、ばたばた手と足と鼻を振った。

「おーい！」リスも上にむかってさけんだ。

「どうやったらここから降りられるかな？」ゾウがさけんだ。

「落っこちるしかないと思うよ」リスがさけんだ。

「落っこちる？」ゾウが聞き返した。

「うん」

「それ、どういうの？」

「うーん……。どう説明したらいいのかな……」

あたたかい朝で、太陽はゆっくりと木々の上から顔を出し、雲はどんどん小さくなっていった。

「やってみせてくれる？」ゾウは心配そうな声でさけんだ。

「いいよ！」リスは言って、ブナの木のてっぺんに登り、大音響とともに地面に落ちた。

頭のうしろに大きなたんこぶをつくり、しっぽをくじいてよろよろと立ち上がったリスは、ゾウのほうを見上げた。

「へえ」ゾウがさけんだ。「それが、落っこちる、なんだね！」

「うん」リスはうめきながら言った。

こんどはゾウの番だった。

でも、ゾウはリスほどうまく落っこちることができず、まるでうずまきのように、それもものすごく回転の速いうずまきのようにぐるぐるまわりながら落ちた。ヤナギの木とアシの茂みをこえて、川におしりから飛びこんだ。

すごいスピードで一気に川底に沈み、タニシの家の屋根をつきやぶって部屋に入った。

「訪問の約束をしてたかね？」安楽椅子にどすんと落ちたゾウを見て、おどろいたタニシがたずねた。

「ううん」ゾウはうめいて言った。

「そうか、よかった。なら、茶菓子の用意がなくてもいいわけだ」そう言いながらタニシは手をこすりあわせた。

「まてよ、ひょっとしたらなにかあるかもしれない。ちょっと見てみよう。おまえさんはなにが好きなんだい？」

タニシは腕をびゅんとひと振りして、古びた棚のとびらをあけた。

「ぼく、空から落っこちたんだよ。雲の上から」ゾウがそっと言った。

「そうか」タニシは棚に顔を突っこみながら言った。「いや、そいつはすごい！　と言うべきだな」

しばらくして、タニシとゾウは向かいあわせに座り、ときどきにごり水をすすりながら、あまい味のする藻を食べた。

ゾウはなるべくくわしく、〈落っこちる〉がどういうことか説明した。タニシは〈落っこちる〉なんて聞いたことがなかった。

「そいつは〈ただよう〉に似てるのかね？」タニシがたずねた。

「ほんの少しね」ゾウは答えた。「ほんのちょっとだけね」

「なんてこった」タニシは言った。「そんなことができるとはなあ」

ゾウは足を組みなおし、鼻についた泥をふいて言った。「まだ話してないけど〈飛ぶ〉っていうのはもっとすごいんだよ、タニシ」

「ほう、それはまたすごそうだな」

タニシは首を振って、ゾウの皿に藻をまたいっぱいのせた。

それから、タニシとゾウは〈跳ねる〉についても話した。〈跳ねる〉はゾウの解釈では、ほんの少し〈すり足〉に似ていた。〈波打つ〉にも似ているとゾウは思った。

「おまえさん、波打てるのかい？」タニシがたずねた。

ゾウは一瞬、考え、迷いながら答えた。「ううん。できないと思うよ」

「オレもだ。でも、ひたひたと波打つっていうのが、オレのいちばんの願いなんだよ。いちどできたらどんなにいいだろう……」

ゾウの額にしわが寄った。タニシとゾウは、そうしていつまでも川底のタニシの家でだまっていっしょに過ごした。

8

ある日、コオロギはプレゼントにほしいもののリストをつくって売る店をはじめた。自分の誕生日プレゼントになにを頼めばいいか、わからないどうぶつがおおぜいいたからだ。

コオロギはカウンターにすわり、わくわくしながら最初の客を待った。

最初にやって来たのは、来週、誕生日を迎えるサイだった。サイもプレゼントになにがほしいか、わからなかったのだ。

「ようし！」コオロギは紙を一枚出してきて、書いた。

サイのプレゼント・リスト

そこまで書くと、コオロギはカウンターから立ち上がって二、三度サイのまわりを歩いた。ぶつぶつひとりごとを言っては、サイの片方の耳を持ち上げ、耳の裏を見て、カウンターにもどった。

　リストにコオロギはこうつづけた。

　　草のケーキ

「草のケーキ？」サイがたずねた。

「うん」コオロギが言った。「それはぼくからのプレゼントにしよう。かたい草でできた、キンポウゲとあまいクローバー入りのケーキ」

「いいね」サイが言った。「ついでにアザミもちょっと入れてね」

　コオロギは長い時間、じっくり考えていた。目をぎゅっと閉じ、せきばらいをしてから、〈草のケーキ〉の次にこう書いた。

　　ありとあらゆるもの

「それなに？」サイは聞いた。

「知らないの？」コオロギが言った。

「うん、知らない」サイは言った。

「じゃあ、ぴったり合ってるよ。それがなんだかわからないから、〈ありとあらゆるもの〉っていう名前なんだ」

うれしさあまって跳びはねるコオロギにあわせてコートがはためいた。

サイはコオロギのつくったプレゼント・リストを持ち帰り、誕生日に招いたどうぶつたちみんなに見せてまわった。〈草のケーキ〉は贈り主がきまっていたので、取り消し線が引いてあった。

一週間後、サイは誕生日にコオロギからアザミの入った草のケーキをもらった。ほかのどうぶつたちからは、ありとあらゆるものをもらった。

サイが大満足だったのは言うまでもない。

9

「ねえ、リス、もしぼくの甲羅が水もれしたら、どうすればいいんだろう?」ある日、カメがたずねた。

「そうだねえ……」とリスは言った。「そのときに考えればいいんじゃないかな。いまは雨もふってないんだし」

「でも、もし雨がふって、もし水もれしたら……」

「そんなに心配しなくていいよ、カメ」リスは励ますようにカメをたたいた。

カメはためいきをついた。

「それからもし足の下の地面が消えたら」カメは言った。「そうしたら宙に浮かんじゃう。そうしたらどうすればいい？」

それはリスにもわからなかった。とつぜん、カメが這うことができなくなったり、自分でいやだと思っても一日じゅうなげき悲しむようになったらどうすればいいのか、ということも。

「リス、ほんとうにそうなったとしたら」カメは絶望して言った。「一日じゅう、なげき悲しまなきゃいけなくなったら……」

リスは想像してみた。たしかに楽しいことではない。

「いまぼくは陰気かな？」カメが聞いた。

「うん」リスが言った。「いまカメは陰気だと思うよ」

「ほんとうに？」カメはおどろいて微笑んだ。「自分が陰気になれるとは知らなかったよ。なるほど、ぼくは陰気なんだ」

カメは陽気にあたりを見わたし、鼻をならすような音をたてた。

「でもいまはもう陰気じゃない」リスは言った。

「そう？」カメの表情がくもった。

「いまはまた陰気だ」

「そうか」カメは言った。「陰気ってなんてフクザツなんだろう！」

心配そうにカメは眉をしかめた。

ほんとうに陰気というのはフクザツで、ぼくはまだ一度もなったことがない、とリスは言った。

カメは得意げな気持ちで顔をかがやかせたが、同時に心配そうな表情をくずさないようにつとめていた。

IO

ある朝、アリは森を歩いていた。なんて頭が重いんだろう、とアリは思った。歩きながら右の前足で頭をささえているので、うまく歩けなかった。

ヤナギの木の下で立ち止まり、アリはためいきをついた。
石があったので腰を下ろし、両方の前足で頭をささえた。なんて重いんだ、とアリは思った。
どうしてこんなに重いか、ぼくにはわかってる。なんでも知ってるからだ。それがすごい重さになるんだ。

陰うつな日だった。黒雲が空を流れ、ときどき雨が少し降った。風がうなり、木々がきしんだ。
なんでも知っていてよかった、とアリは思った。これ以上、なにかを知ったら、二度と頭を持ち上げられなくなるところだ。

アリは苦労して首を振り、自分の頭が前足のあいだから音をたてて地面に落ちてゆくところを想像した。そうなれば、もう救いようがない。

こうなるのはもちろん、ぼくが考え深すぎるからだ。ほんとうにどんなことでも考える。ハチミツのこと、ほこりっぽさについて、大海、疑い、どしゃ降りの雨、甘い木片……そのぜんぶがぼくの頭のなかに詰まってるんだ。

肘が疲れてきて、アリは石からすべり落ち、とうとう地面にあごをつけ、突っ伏してしまった。頭はまた少し重くなった。

どうやらいま、さっきまで知らなかったことを知ってしまったようだ。でも、もうほんとうにすべてを知ったはずだ。そう願いたいものだ。アリはそう思った。

もう首を横に振ることも、うなずくこともできなくなっているのに気づいた。まだ笑えるかな、と試しにやってみると、弱々しい笑みが口元に浮かんだ。でも、あくびはできなかった。眉をしかめることも、舌を出すことも無理だった。

こうしてアリは、陰うつな秋の日に、森の真ん中に寝ころがっていた。

なんでも知っているので、その午後、偶然リスが通りかかることも、アリは知っていた。

「アリ！」うつぶせになっているアリを見て、リスはおどろいて言った。「そこでなにしてるの？」

「もう頭を動かせないんだ」

「どうして？」

「知りすぎなんだ」アリの声は深刻で、悲しげだった。

「なにをそんなに知りすぎてるの？」リスが聞いた。

「なにもかも知ってるんだ」アリが答えた。

リスは大きく目を開いてアリを見た。ぼくにも知ってることはあるけれど、知らないことのほうが多い、とリスは思った。だからぼくの頭はこんなに軽いわけだ。リスは頭を左右に振ってみた。

「これからどうするの？」リスはたずねた。

「なにかを忘れるしかないんじゃないかと思う」アリが言った。

リスもそれがいちばんだと思った。でも、なにを忘れればいいんだろう？　太陽？　ハチミツケーキの味？　クジラの誕生日？　冬のコート？　アリはそのなにもかもを忘れようとしたが、あまり効果がなかった。

「じゃあ、ぼくのことを忘れてみたら？」さいごに、とても慎重にリスは言ってみた。

「リスのことを？」アリが言った。

「できるでしょ？」

アリはうなずいて目を閉じた。すると、とつぜんアリは、嵐のなかの羽根のようにくるくると舞い上がった。

リスはあとずさりした。アリはほとんど姿が見えなくなるほど高く、木々の上まで飛んでいって、ふたたび地面に落っこちた。

「ほんとに忘れてたんだよ。でも、またリスのことを考えちゃったんだ」痛そうに後頭部をさすりながら、アリが言った。

リスは地面を見つめて言った。「まあ、ひとつの提案だったから」

「そうだね」アリは言った。

地面にすわるアリは、頭を打ったおかげで、自分がなんでも知っているということを忘れていた。突然、立ち上がった自分にアリはおどろいた。

それからアリとリスはいっしょに森を歩いた。どちらもずっとだまっていた。

そのとき、リスが言った。

「うちにまだブナのハチミツが一ビンあるよ」

「お、そいつは知らなかった！」アリは楽しそうにぴょんと跳びはね、リスの家に向かってわれ先にと駆け出した。

II

とても寒い冬の日に、コオロギは考えた。あたたかいコートがほしいな。着ているだけで、いつでもぬくぬくのコート。コオロギはふるえながら、森のなかを雪を踏みしめて歩いた。

行き先は、最近コートを売りはじめたイタチの店だった。入り口の前には、ブナの木のいちばん下の枝まで届くほどの巨大な黒いコートが吊してあった。店のなかにはほかにもいろんなコートがぶら下がっていた。赤いコート、とくべつ小さなサイズのコート、袖が百本もあるコート、木でできたコート、きらきら光るコート。

「あの大きなコートがほしいんだけど」

「こちらですね」

コオロギはイタチに手伝ってもらって袖をとおした。コートはぶ厚くて重たかったが、あたたかだった。これでほっぺたが真っ赤になるだろう！　コオロギはうれしさでいっぱいだった。

コオロギはイタチに別れを告げ、すり足で森に入っていった。

しばらくして、コオロギはリスとアリに出会った。

「こんにちは、コート」

コオロギはボタン穴から外を見て言った。「こんにちは、アリ」

「だれなの？」リスがおどろいてたずねた。

「大きなコートだよ」アリが言った。

「大きなコート？　新顔なの？」リスがたずねた。

「いいや」アリは言った。「新顔じゃない。ちょっと変わり者だけど」

コオロギはなにも言わず、考えながら先へ進んだ。そうか、ぼくは大きなコートなんだ。そいつはいいや。そのうちコオロギは自分がコオロギであることを忘れてしまった。

なんて冬だろう。コオロギは満足げに思い、自分の頭のはるか上まである襟をとめあわせた。

だが夏になるとしだいに暑くなってきた。

ある日の午後、コオロギはブナの木かげの茂みに両手をひろげてぶらさがった。

「この天気はおまえには暑すぎるよなあ、コート」

「うん」あえぎ声が答えた。

コオロギは夏がどこから来るのか、考えてみた。夏がどこから来るかは永遠の謎だろう。コオロギは肩にふわりとはおると背中から水がしたたり落ちる水のコートを夢見た。なんて熱くほてってるんだ、とコオロギは思い、ブルブル身ぶるいしたり、歯がガチガチ鳴ったりしたことや、青ざめた触角や凍った羽根をなつかしく思い出した。目を閉じると、雪嵐がまぶたの裏に浮かんだ。

それからコオロギはやっとの思いでコートからぬけ出し、土の上にコートを置いた。

「さよなら、コート」

それからコオロギは川をめざして飛んでいった。水浴びだ。思いきり水浴びしよう。

12

ある夜、リスが寝ていると、ふいにガサゴソ音がした。すると、ばたんと窓があき、真っ赤なぼうしをかぶったゾウがゆらゆら部屋のなかに入ってきた。

「ゾウ！」リスはおどろいて、ベッドからがばりと起き上がった。

ゾウはなにも言わず、部屋のなかをただよい、鼻歌をうたい、棚のなかをちょっとのぞき、耳をはためかせ、ぼうしを斜めにかぶり、そうしてふたたび外へただよい出た。まるで、羽根かなにかのようだった。

しばらくして、どすんとぶつかる音と「いてっ」という声が聞こえ、窓がばたんと閉じた。翌朝、起きたとき、リスは自分が夢を見たのだと信じて疑わなかった。

だが、その日の午後、ゾウに会って夢の話をすると、ゾウは頭のたんこぶを見せて言った。

「きのうの夜中、落っこちてここを打ったんだ。ブナの木の下で」

「じゃあ、あれはほんもののゾウだったの？」おどろいたリスがたずねた。

「いや、ほんものかは……」ゾウがひかえめに言った。「ほんものっていったいなんだろうね。いろんな解釈があるとぼくはいつも思ってるけど……」

「じゃあ、あのぼうしは？」リスがたずねた。「あの赤いぼうしは、ほんものだったの？」

「ああ、あのぼうしね……」ゾウは顔にかすかな笑みを浮かべて、リスのはるかむこうを見つめて言った。「それは長い話なんだ」

リスは黙りこんだ。額に深いしわを寄せ、リスはゾウにさよならを言った。

夜になると、リスは窓を厳重にしめ、窓の前に棚を置いた。その夜はだれも窓からゆらゆらと入ってはこなかった。

13

海の底のほら穴で、イカは自分の誕生日に黒いバースデーケーキをつくった。

エイだけがやって来て、黙って自分のノコギリで黒いケーキを切り分けて食べた。

「ちょっと苦いぞ、イカ」ケーキを口いっぱいにほおばって、エイが文句を言った。

「うん」イカは暗いまなざしでエイを見つめた。

エイはすぐに食べるのをやめて、たずねた。「歌とか、うたうの？」

イカはうなずいて、触手を前に伸ばし、すべて不協和音からなる有毒の歌をうたった。エイはいい歌だとは思わなかったが、ただ、そろそろ帰るとだけ言った。

「さよなら、エイ」

「さよなら、イカ」

イカだけがあとに残った。

ぼくの誕生日はだいなしだ。イカの目から黒い涙が流れた。

イカは残ったケーキを無理してぜんぶ食べた。そのとき、イカは上に向かって大声で「みんな、どこにいるの？」と、さけびたくなった。でも、思いとどまって、さけぶのはやめた。

ぼくはいつだって思いとどまるんだ。いっつもだ。そして、イカはもし自分が一度でも思いとどまるのをやめて、ほんとうにさけんだとしたらどうなるだろう、と考えた。そしてみんなが「ここだよ！　ぼくたち、ここにいるんだよ」と答えて、下に降りてきたとしたら……。そうなったら、みんなでダンスをするかもしれない。深く、暗く、ダンスをするかもしれない……。

海の底に沈むおけのなかで、イカはどんよりと落ちこんで、さいごには眠りに落ちた。

14

ある朝、ライオンは自分のことが怖くてたまらなくなり、走って逃げてナラの木の下の灌木の茂みに姿をかくした。暗い茂みのなかで震えながら、もう二度と吠えたり、おそろしげににらんだりしないと自分に誓った。

それでも、なにか音をたてる必要があるのはライオンにもわかっていた。だれもが音をたてるものだから。ぼくはどんな音にしよう？　チューチュー？　それともブンブン？

すぐには決められず、ライオンはちぢこまって地面を見つめ、自分がどんなにはげしく吠えていたか思い出すたび、身ぶるいした。ふう、あれだけは二度とごめんだ。

その日の午後、ナラの木のそばを通りかかったリスは、茂みにすわるライオンを見つけた。

「こんにちは、ライオン」リスは言った。

「こんにちは、リス」ライオンは顔を赤らめて、たてがみで頬をかくした。

ひかえめに咳ばらいをして、ライオンが言った。「質問してもいい？」

「いいよ」とリスは答えた。

「ぼくにはどの音がいちばん合ってると思う？　チューチューかブンブン、あるいはそれ以外のとてもちいさな音」

「もう吠えないの？」リスはおどろいてたずねた。

「うん」ライオンは恥ずかしそうに答えた。

「そうだな」リスは言った。「ブンブン、ブンブン……チューチューがいちばん合ってるんじゃないかな」

「ありがとう」とライオンは言った。「じゃあ、チューチュー鳴くことにするよ」

ライオンがかすかな音でチューチューと鳴きはじめ、臆病そうな表情までするので、リスは見ていられなくなって立ち去った。

その夜、ライオンはカブトムシの誕生日に姿を見せた。ずっとドアのそばの陰に立ち、ひとりごとのようにしずかにチューチュー鳴き、ケーキも一くずしか食べようとしなかった。アリがなにかたずねたときには目をふせ、自分はなにも知らないし、いまだかつてなにも聞いたことがない、と言った。ライオンはうなだれ、しょんぼりと家路についた。

それからライオンはずっと目立たず、おずおずと暮らした。ときおり夢のなかでだけ、大きな声でおそろしげに吠えることがあった。すると灌木の茂みがふるえて木々が揺れ、ライオンはおびえて目をさました。

「たすけて」と自分にむかって言い、かぎづめで頭をおおった。

ライオンがかつて自分たちにいだかせた怖れをなつかしく思うどうぶつたちもいた。「あれには相当ふるえたよね！」と、たがいに話してはうなずき、頭をふった。

ネズミには、ライオンもチューチュー鳴くのが気に入らなかった。だいいち、へたくそで似ても似つかぬ鳴き方だと思った。だが一度、ライオンにそう伝えると、めそめそと泣きはじめてしまった。ネズミはあわててあやまり、かなりうまく鳴いている、となぐさめた。

「そう？」ライオンは言った。「ほんとうにそう思う？」

「うん」とネズミは言った。

「ありがとう、ネズミ」ライオンがそう言うと、とつぜんとても温かくなって、ネズミは自分がとけてしまうかと思った。

15

あるとき、ミツバチがスズメバチにたずねた。

「ねえ、スズメバチも針が痛くなることある?」

「ううん」スズメバチが答えた。「でも、腰痛はときどきあるんだ。ミツバチは?」

「ない。腰痛は一度もないよ」

「ふーん」

どうぶつたちは森のはずれの川のほとりにあるヤナギの木の下にあつまっていた。

「ぼくはときどきヒゲが痛むんだ」セイウチが言った。「鈍痛なんだけど、ヒゲが脈打つような痛み」

「ぼくはたまに甲羅痛になる。とくに旅に出ないといけないときなんか、朝早くからね」カメはしばらく黙ってからつづけた。「そういうときは、行くのをやめるのがいちばんいいんだ」

シカはツノ痛の話をした。「まるでツノ全体が燃えてるみたいなんだ、ツノ痛になると」

カタツムリも一度ツノがひどくけいれんしたと言い、ラクダはコブがヒリヒリして気持ち悪いという話をした。

「ぼくの痛みはここ」カバが言って、大きく口をあけてなかを指さした。みんな痛みを見ようとかがみこんだが、カバの口のなかはうす暗く、あまりにも深くて、なにも見つからなかった。

「残念だなあ」カバが言った。「とっても興味深い痛みなんだけどね」

「ぼくはなに痛にもなったことがないよ」とつぜんアリが言った。

あたりは静まり返った。みんな目を見開いて、アリを見つめた。

「痛みなんて、ばかげてるよ」アリは言った。

リスは、ときどき、どこだかはっきりわからないが、体のうちに覚える痛みのことを考えていた。それは悲しい痛みだった。あの痛みもばかげてるのだろうか？

暑い日だった。川はきらめき、どうぶつたちはみな黙って、自分の痛みについて——痛みがほんもので、ばかげたものでないかどうか、じっと考えていた。

太陽が沈み、風が出てきた。川面も波立ちはじめた。

「激痛」しばらくして、アリが静かに言った。「激痛ならときどきある。みんながそれを〈痛み〉と呼ぶんだったら、べつにそれでもいいよ」

16

ある朝、リスが目をさますと、壁をドンとたたく音がした。

「だれ?」リスは聞いた。

「ぼく、ゾウだよ」壁に大きな穴があいて、ゾウがなかに入ってきた。

「なんでそこから入ってくるの? ドアからじゃなくて」

「あ、ごめん」ゾウが言った。「大失敗。もう一回もどろうか?」

「いいよ、もう」リスは答えた。

壁はこわれて、冷たい風がリスの足元を吹きぬけた。

「紅茶、飲む?」リスがたずねた。

「うん、いただきます」

ゾウの前に紅茶が出された。ゾウは鼻でかきまぜようとして、カップをテーブルから落としてしまった。

「こら」とさけんで、ゾウはカップが床に落ちる前に拾おうとしたが、まちがえてテーブルをつかんでしまった。「よかった」とゾウは言ったが、すぐに自分のまちがいに気づき、テーブルを離した。テーブルは、床の上のカップの上に落ちてこわれた。

「わー、ごめん」ゾウはうろたえて、棚と椅子まで倒してしまった。

「もう帰んなきゃ」頭を振りながら、ゾウは閉じたドアを突きやぶって外に出た。

「あっ、ごめん」ゾウはまだそうさけんでいた。「ごめん!」

リスはなにも言わなかった。きっとゾウは自分でもどうすることもできないのだろう。

いろんなものの破片や穴に囲まれて、リスは床に座っていた。引っ越しをするいい機会だ。リスはそう思って、手をこすり合わせた。

17

カブトムシはステップを歩いていた。日中で空は青かった。つまさき立ちをすると、見わたすかぎりステップ以外、なにもなかった。遠くのほうはあまりにもはるか先なので、カブトムシには見えなかった。

　これが大きくて果てしないということだろうか？　とカブトムシは思ったが、だれも聞く相手がいなかった。

　暑くて喉がかわいた。どんな喉のかわきだろう？　喉のかわきにはそもそもどんな種類があるのだろう？　カブトムシにはわからなかった。でも、舌が上あごにひっついて動かせなくなったときに思った。これは大きな喉のかわきにちがいない、と。地面を見つめ、もしかしたらこれが果てしない喉のかわきなのかもしれない、と思った。

カブトムシはためいきをつき、足をひきずって前に進んだ。

太陽は真上にあった。あおむけに寝なければ見えなかったが、疲れすぎてあおむけになれず、すわった。

ぼくの疲れも大きくて果てしない、とカブトムシは思った。

うまく思いえがける小さなことだけを考えよう。でないと、ぼくの考えも大きくて果てしないものになってしまうから。そうなったらたいへんだ、とカブトムシは思った。

最初に考えたのは灌木の下にある家のことだった。あまりにも小さいので、だれもドアからなかにはいれない家だ。カブトムシは窓辺の椅子にすわっていた。自分自身も小さかった。それから、ドアの下からなかに差しこまれた小さな手紙のことを考えた。「こんにちは、カブトムシ」としか書かれておらず、差出人もわからなかった。小さな青い手紙だ。こんどは目のまえのテーブルに置かれた小さなケーキと、一滴だけ冷たい水のはいったコップのことを考えた。一滴の半分でいい。どんなにかおいしいことだろう。

ステップの真んなかの干からびた草のうえで、カブトムシは考えられるかぎりもっとも小さなものについて考えていた。

太陽が沈み、カブトムシのまわりの広大な平原を、夕陽のかがやきがおおっていた。

18

ある朝とつぜん、すべてのどうぶつが地上から空にむかって落っこちた。ものすごく高くはなかったが、それでもかなりの高さだった。

ゾウはシナノキの真ん中まで、カワカマスはアシの穂まで、カメはブナの木のいちばん下の枝まで、そしてはるかかなたの海では、クジラが大きな雨雲のところまで落ちた。

モグラとミミズは地面を突きぬけてバラの茂みまで落ち、射るような太陽の光に身ぶるいしていた。

みんなどこかにぶらさがり、おどろいて下を見ていた。

リスはアリと並んでブナの木のてっぺんにぶらさがっていた。

「ぼくたちはここでいい具合にぶらさがってるね」リスが言った。

アリはハチミツのビンを抱きかかえて、しっかり持っていた。ハチミツがビンから上に落ちて、目の前から消えてしまうんじゃないかと不安だったのだ。

「うん」アリは言った。「いまのところはここにうまくぶらさがってる」

森のはずれでは、サイがトウヒの枝にぶらさがっていた。小さな針のような葉っぱが、サイの鼻や目をちくちく突いた。

「いったいだれの責任なんだ⁈」サイが大声で言った。

だれにもわからなかった。でも、何度か、自分だけで空に落ちたことのあるカミキリムシは、その答えを知っているような気がしていた。「たぶん、だれの責任でもないんだよ」ポプラの木の上にぶらさがっていたカミキリムシが叫んだ。

「ふーん」サイがむっとして言った。

まだ朝早かった。太陽は木々の上に昇り、ほとんどのどうぶつたちがきらめいたり、輝いたり、風に揺れてゆっくりとまわったり、木から木へとただよったりしていた。

だがしばらくするととつぜん、またみんなが海中へ、地下へ、水中から川底へ落ちていった。

リスとアリはリスの家の屋根を突きぬけ、テーブルをはさんで二つの椅子の上にちょうど落ちた。ハチミツのビンはゆっくりと、ちょっとおくれてテーブルの上に落ちてきた。

アリはすぐに立ち上がって、ビンのなかをのぞくと、ほっとしてうなずいた。

「ハチミツもちゃんと落ちてきた」

「よかった」リスが言った。リスはまだなにも食べていなかったし、ハチミツ、とくにその小さな青いビンに入ったブナのハチミツが大好きだったからだ。

19

ある朝、コオロギがカメに聞いた。

「ねえ、カメ、自分がたしかにカメだって確信がもてる？」

カメはうろたえてコオロギを見つめ、考えはじめた。

しばらくして、カメは答えた。「いや、確信はもてない」

カメは暗いまなざしで、甲羅の下からのぞくようにコオロギを見た。

「ぼくは自分がコオロギだって確信がもてるよ」コオロギが言った。「ぼくはチンチロリンって鳴く、だからぼくはコオロギだ」うれしそうにコオロギは跳びはねた。

カメは考えた。ぼくはなにもしない。でも、それだけではカメであることに十分ではないはずだ。

カエルがその会話を聞きつけて、言った。「オレはケロケロ鳴く、だからオレはカエルだ」

「そのとおりだよ、カエル。そのとおりだ」コオロギが言った。「キミはケロケロ鳴く、だからキミはカエルだ」

コオロギとカエルは肩をたたきあったあと、気の毒そうにカメのほうを見た。

じゃあもしかして、ぼくはカメじゃないんだろうか？　だとしたら、ぼくはいったいだれなんだろう……こう考えてみたらどうだろう。ぼくはノロノロ歩く、だからぼくはカメだ……カメはちょっとノロノロ進んだりもどったりしてみた。だめだ、とカメは思った。こんなのなんでもない。それに、ノロノロ歩くやつは、ほかにもいっぱいいる。

カメは孤独を感じ、自信がもてなくなった。一方、コオロギとカエルは肩をぽんぽんたたきあい、「ぼくらはだれだか知っているー！」とうたいながら、陽気に去っていった。

そのときとつぜん、カメの上にそびえるナラの木のてっぺんから、ガサゴソいう音が聞こえてきた。夜明けとともに、木の上によじのぼっていたゾウだった。ゾウはいままさに落ちようとしていた。

「落ちるー！」そう叫びながら、どすんとものすごい衝撃で、カメのすぐそばの地面に落ちてきた。

これがゾウなんだ。暗い気持ちでカメは考えた。ぜったいにたしかなことだ。

しばらくして、ゾウはカメのほうを見た。

「こんにちは、カメ」小声でゾウは言った。

「ぼくがたしかにカメだってわかるの？」おどろいてカメがたずねた。「ほんとにわかる？」

「うん」うめきながらゾウが言った。「カメじゃなきゃ、だれなの？」

「いや、わかんないけど」カメは言った。

「ほらね」ゾウは言い、顔をしかめて頭のうしろの大きなたんこぶをさわった。

カメはコオロギとカエルのあとを追って駆けだしたい気持ちでいっぱいだった。でも、まあ、とカメは思いなおした。もし、ぼくがそんなことをしたら、だれもぼくがカメだって信じてくれないだろう。それで、カメはナラの木の下の草むらで立ち止まったままでいた。自分自身に向かって静かにこうつぶやきながら。「やあ、カメ。こんにちは」

20

ある夜、アリとリスはリスの家のまえの枝にならんですわっていた。

月あかりの下、甘いブナの実とハチミツをいっしょに食べていた。

長いあいだ、だまっていたあとに、アリがこう聞いた。「リス、ぼくに疲れることってある？」

「ぼくがアリに疲れる？」リスは言った。「ないよ」

アリは一瞬、口をつぐみ、それから言った。「そういうこともありうるだろう？」

「ううん」とリスは言った。「それはありえないよ。アリに疲れるなんて」

「うん、でもね」アリは言った。「ありうるんだよ。なんにでも疲れてしまうことはあるんだ。リスだってブナの実に疲れることがあるだろう？」

「ブナの実に……」リスは言った。じっくりと考えてみたが、かつてブナの実に疲れたことがあったとは思い出せなかった。でも、それはありうるかもしれない、とリスは思った。

「でも、アリに疲れることはぜったいにないね！」

「そう」とアリは言った。

長いあいだ沈黙がつづいた。薄い霧が灌木の茂みからそっと立ちのぼり、木々のあいだをゆらゆらと森に広がっていった。

「ぼくはときどき自分に疲れてしまうんだ」アリがそう言った。「リスはそんなことない？」

「自分のなにに疲れるの？」リスはたずねた。

「わからない。ただなんとなく、なにに、というわけではなく」

リスはそんなこと、聞いたこともなかった。耳の裏をかいて、自分自身について考えてみた。

しばらく考えていると、おどろいたことに自分自身に疲れてきた。それは奇妙な感覚だった。

「うん」とリスは言った。「いま、ぼくも自分に疲れてるよ」

アリがうなずいた。

暑い夜で、遠くではフクロウが下にむかってなにか叫んでいた。空高くに大きく丸い月が見えた。

アリとリスはだまって、自分自身がもたらした疲れをとっていた。ときどき、ためいきをつき、眉をしかめ、甘いブナの実をいくつかとハチミツをほんのひとくち、口に含みながら。

長い時間がたち、月がほとんど沈みそうになったころ、ようやく疲れのとれたアリとリスは眠りにおちた。

21

リスとゾウが川岸の草むらにすわっていた。

あまりにも暑かったので、ゾウは溶けてしまった。灰色の液体が草の上を流れた。

待って、とリスは思った。川に流れ込んだら、打つ手がなくなってしまう。

リスがあわてて小さな土手をつくると、ゾウはそこに流れた。土手にちゃぷちゃぷぶつかりながら、ゾウは燃えるような太陽を浴びていた。

「なんでこんなに暑いんだろう？」リスは声に出して言った。

ゾウはなにか答えたそうだったが、波打つ音を聞いてもわからなかった。だいいち暑すぎて、注意して聞いていられない。たぶん、ゾウもなんでこんなに暑いんだって思ってるんだろう、とリスは思った。

リスはヤナギの木かげに腰をおろし、ときどき、ゾウのほうを見た。太陽はゾウの波打つからだに照りつけた。トンボがそのすぐ上をかすめて飛んだ。

「なんの上を飛んでるかわかる？　トンボ」リスがたずねた。

「わかるよ」トンボが言った。「ゾウの上だよ」トンボは灰色の水に映る自分の姿を見た。

夕方になり、やっと少し涼しくなった。灰色の水がふたたび鼻、胴体、耳に変わってゆくのを、リスは見た。

しばらくしてゾウが言った。「はーっ、なんて暑かったんだ」

さいごに残った水滴がしっぽに変わった。リスはほっとしてゾウの肩をたたいた。

「ぼくがちゃぷちゃぷいってるの、聞いた？　リス」ゾウがたずねた。

「うん」リスが答えた。

「あれ、ほんとうはぼくのラッパ鳴きだったんだよ。歌を演奏してたんだ。そういうふうに聞こえなかった？」

「うん」リスが言った。「ちょっとだけ、そんなふうだった」

「溶けてるときに鳴くのって、すごくむずかしいんだよ」ゾウが言った。

そうにちがいない、とリスも思った。

太陽が沈んだ。遠くでツグミが鳴いていた。リスとゾウはゆっくりと家路についた。

22

リスは戸口の前の枝にすわっていた。なんだか、がっくりきていた。天気が悪かったり、一日じゅうだれもひょっこり訪ねてこなかったとき、リスはよくそんなふうになった。アリはそれが〈落胆〉だと、リスに話したことがあった。

灰色にくもった日で、家に入るきっかけをつかめずにいた。戸口のところに落ちていたカバノキの皮を手に取り、リスはなにげなく手紙を書きはじめた。「親愛なる」と書いて、やめた。親愛なるだれだ？　とリスは思った。だれも思いつかなかった。リスはためいきをついてつづきを書いた。


親愛なる……

　ぼくはいちど……してみたい。


ほかにはなにも書かなかった。

落胆していると、いつもこうだ。リスは思った。なにがしたいか、わからないんだ。

そよ風が吹いてリスの手から手紙をうばい、木々のあいだを吹き飛ばした。

また、ためいきが出た。空気がどんより重たくなり、大きな雨粒が鼻の上に落ちた。やっぱり降りだした、とリスは思い、肩を落とした。

雨は本降りにはならなかったが、ずっと暗くて肌寒かった。リスはどんどん落胆していった。こんなに落胆したのは、はじめてじゃないか、とリスは思った。一瞬、その考えが気に入ったが、長くはつづかなかった。

夕方、一通の手紙が風に運ばれてきて、枝のところで止まった。ぜったいにぼくあての手紙じゃないんだろうな。リスは暗い気持ちで思ったが、手紙を手に取り、あけてみた。

親愛なる……

ぼくもいちど……してみたい。

リスがそれまで見たこともないような読みにくい字だった。

リスは手紙をかざして見た。文字をひとつずつさわってもみたが、どう解釈したものか、わからなかった。クジラやゾウ、ヒキガエルやツバメ、それにミミズからの手紙でないのは明らかだった。

これはほんとうに見知らぬだれかからの手紙だ、とリスは思った。なにが言いたいんだろう？

「親愛なる……」ってだれだろう？

あたりはもう、うす暗くなっていた。リスは頭をふって思った。一度、ものすごくとくべつなことを考えついてみたいものだ。あたりを見まわすと、ふと、ほかにもだれかいるような気がした。見知らぬだれか。そいつも一度、ものすごくとくべつなことを考えついてみたいと思っている。

雨粒がまた鼻の上に落ちた。つづいてまた、一滴。雨は本降りになってきた。リスは立ち上がった。これが〈どうにもならない日〉なのだろうか、とリスは思った。どうにもならない日とはなんなのか、ほかにはどういう日があるのか、ちかぢかアリに聞いてみよう。

リスは家に入ることにした。でも、戸口に立ったとき、ふり返り、できるかぎり大声で叫んでみた。

「おーい！」

万が一ということがあるじゃないか、と思ったのだ。

しばらくは静かなままだった。そのとき、まるで海のむこうのはるかかなたから聞こえてくるような、小さなふるえる声が返ってきた。

「こっちも、おーい！」

リスはうなずいた。なんだか急に元気が出てきた。家に入ると、まっすぐに戸棚へ向かった。おなかがすいていた。おなかがすくのは気持ちがよかった。戸棚のいちばん上には、ブナの実の入った大きなビンが置いてあった。

23

朝早く、リスがまだベッドに横になっていると、ドアをたたく音がした。

「だれ？」リスがたずねた。

「ぼくだよ」声が答えた。「ゾウ」

「遊びにきたの？」

一瞬、間があいたのち、ゾウが言った。「ねえ、踊らない？」

「踊る？　いま？」

「おかしい？」

「いや、おかしいって……」リスは言った。「だってまだ朝早いよ」

「じゃあ、いやなんだね」ゾウが言った。

リスはちょっと考えて聞いた。「どこで踊るの？」

「たとえば、ここ。ドアの前とか」

「そこ、ぜんぜん場所がないよ！」

「だったら、くっついて踊ればいいよ」

「ぜったい下に落っこちるよ」

「ふーん。ってことは、踊りたくないんだね」とゾウが言った。

リスは起きてベッドから出た。

しばらくして、リスは片方の腕をゾウの肩に置き、もう片方を腰にまわしていた。ゾウは三つ数えるよ、と言って、せきばらいをしてから「いち、にい、さん」と数えた。それからゾウとリスはひとつだけステップを踏んで、よろめき、下へ落ちた。

ゾウとリスはブナの木の下の湿った草むらに、ぼうっとした頭で横たわっていた。

「ばかなこと考えたと思う？　リス」ゾウがたずねた。

「ううん、そんなことないよ」

頭のたんこぶをさすりながら、リスはたった一度きりのステップのことを考えていた。それはほんとうにほれぼれするようなステップだった。

24

「リス、いつかぼくたちも終わると思う?」あるとき、アリがたずねた。

リスはおどろいてアリを見つめた。

「ほら、パーティーが終わるみたいに」アリが言った。「あるいは、旅が終わるように」

リスには、そんなことは想像できなかった。

でも、アリは窓の外の木々のあいだをぬって、はるか遠くを見つめながら言った。

「どうなんだろう? わからない……」アリの眉間にしわが寄った。

「でも、ぼくたちはどういうふうに終わるんだろうね?」リスがたずねた。

アリにはわからなかった。

「パーティーが終われば、みんな家に帰るよね」リスは言った。「旅が終わったら、まだ戸棚のなかにハチミツのビンが残ってるかなって、手をこすりあわせてのぞいてみるよね。でも、ぼくたちが終わるとしたら、いったい……」

アリは黙りこみ、触角で奇妙な音をたてた。

「いまの音、なに?」リスがたずねた。

「ポキポキ鳴らしたんだ」アリは言った。

沈黙がつづいた。

アリは立ち上がり、手をうしろに組んで、部屋のなかを行ったり来たりした。

「考えてるの?」リスがたずねた。

「うん」アリが答えた。

「もう、わかった?」

「いいや」

アリはまた腰を下ろした。

「わかんないよ。ぼくはほとんどなんでも知ってる。リスにもわかっていると思うけど……」

リスはうなずいた。

「ぼくが知らないことには」アリがつづけた。「名前があっちゃいけない。でも、ぼくたちがいつ終わるかっていうのは……」

アリは頭を振った。

リスがもう一杯いれてくれた紅茶を、アリは自信なげにひとくち飲んだ。

25

ある朝、スズメバチがリスのところにやって来た。まだ夜が明けたばかりだった。

「じゃまじゃないよな？」スズメバチが言った。

「うん、だいじょうぶだよ」リスはまだベッドに寝ていた。じゃまというのはなにかとても悲しいことだとリスは思っていた。でも、まだだれもリスのじゃまをしたことがなかったので、ほんとうのところはよくわからなかった。

リスは急いで起き上がり、しっぽにブラシをかけ、目をごしごしこすった。

「ただなんとなく寄ったんだ」スズメバチが言った。

「うれしいよ」

スズメバチがテーブルについたので、リスはあわてて戸棚からブナのハチミツを出した。

「はい」リスはスズメバチの前に皿を置いた。

リスとスズメバチはなにげない話をした。リスはそういう話がいちばん好きだった。なにげない話がとつぜんすごくだいじなことに思えたり、またすぐそのあとでどうでもいいように思えたりすることもあったが、それでもリスはそういう話が好きだった。

しばらくして、スズメバチがもったいぶった声で言った。

「太陽がどこにあるか考えてるんだろう？　リス」

「ううん、考えてないよ」

「いや、考えてるよ」

リスはちょっと考えてみた。すると、ほんとうにスズメバチの言ったとおり、太陽がどこにあるか考えはじめていた。なにか不自然だな。リスはそう思い、窓のところへ行って外を見た。森は真っ暗だった。へんだな、とリスは思った。窓をあけると、助けを求めるいろんな声が耳に飛びこんできた。リスの顔に冷たい風が吹きつけた。

「ほらみろ、考えてるじゃないか」スズメバチが言った。

「うん」リスが言った。「太陽はどこなの？」

一瞬、部屋のなかが静まり返った。スズメバチは羽根の下から箱を取りだし、テーブルの上に置いてふたをあけた。なかから太陽が転がりでた。箱に押しこまれてしわくちゃになっていた太陽は、さっとはね上がってリスの部屋の天井のすみにおさまると、下に向かって照りつけた。

「ずっと長いあいだ、オレのものにしたいと思ってたんだ」スズメバチが言った。「ほら、ここにオレの針がある。おまえにやるよ」スズメバチは針をテーブルの上に置いた。「でも、太陽はオレだけのものだ。これから先ずっと」

リスは片手を目の上にかかげ、斜め上を見た。太陽はまるで天井の二本の梁のあいだが空であるかのように輝いていた。

「こうなるとは思わなかっただろう？」

「うん、思わなかった」

リスの部屋はたちまち暑くなった。汗が額から流れおち、ハチミツはグツグツと煮えはじめた。

「暑いな」リスが言った。

「そろそろ、しまおうか？　オレの太陽」スズメバチがたずねた。

「うん」リスがうめいて言った。「そうしてよ」

スズメバチは太陽のほうへ飛んでいった。でも、ちょうどつかまえようとしたとき、太陽は梁のうしろから天窓に向い、するりと外へ逃げ出して、猛スピードで空を駆けのぼった。

「待て！」スズメバチが叫んだ。「だめだぞ！」

でも、太陽はもうはるか上空にいて、ますます高くのぼっていった。

ゆっくりとスズメバチがテーブルにもどってきた。

「太陽を箱に入れるのがどんなにむずかしかったか、おまえにはわからないだろう、リス！」暗い面持ちでブンブン言いながら、スズメバチは皿に残ったハチミツの上に身をかがめた。

「うん」リスは額の汗をぬぐった。

風はやみ、あたりはいつものように光に満ちていた。ツグミが鳴きはじめ、遠くではハトがクークー鳴いていた。

「いい日になりそうだね」リスが言った。

とつぜん、スズメバチが羽根の下からなにかを取り出し、リスの前に差し出した。

「それなに？」なにも見えなかったが、リスは聞いた。

「目に見えない箱」スズメバチが言った。「なかになにが入ってるかは、ぜったい見せてやんない」

「ひょっとして、月が入ってるとか？」リスがたずねた。

スズメバチは首をふって言った。「もっとずっと大きなものだよ」スズメバチは外に出てリスにさよならを言い、飛び去った。

「針！」リスは叫んだが、スズメバチには届かなかった。

リスは針を持ち上げて、よく見てみた。それからリスはその針を戸棚のいちばん下の引き出しのいちばん奥にしまった。こうしておけば、さがしてもどこにあるかぜったい見つからないにちがいない。針にはなにもいいことがない、とアリがいちど言っていたのだ。

26

ある朝、ゾウはヤナギから落っこちた。

ぐうぜん通りかかったリスは、地面にすわって頭のうしろのたんこぶをさするゾウを見た。

「ヤナギから落ちるのって、どんな感じ?」リスがたずねた。

「かたい感じ」ゾウは言った。「でも、ナラから落ちるほうがもっとかたいんだ」

「ポプラからは?」

「ポプラからは……正直言って、まだ知らないや」ゾウが言った。

勢いよく立ち上がったゾウに、リスはあわてて言った。

「やってみてって言ったんじゃな……」

でも、ゾウはすでにポプラにのぼりはじめ、まもなく、てっぺんから下に落っこちた。どすんという大きな音がして、しばらく地響きがおさまらないほどだった。

リスは心配して、ゾウの上にかがみこんだ。ゾウのおでこに巨大なたんこぶができていた。でも、ゾウは小声でささやいた。「すごいよ、リス。すばらしい落ちごこちだよ……」

リスはゾウを助けおこした。

ゾウはリスの肩にもたれて、並んでゆっくり歩いていった。

ポプラから落ちるのがどんなふうにとくべつなのか、ゾウは説明した。

「ほかの木から落ちるのとぜんぜんちがうんだよ、リス。どう言えばいいのかな……たとえようがないんだ」

リスはうなずいた。

ふと、ゾウはシナノキを見つけてリスに聞いた。「あれ、ひょっとしてシナノキ？」

「うん、そうだよ」リスは答えた。

「シナノキから落ちるのって……」ゾウが言った。

でも、リスはゾウがその日、もう十分落っこちた、と思っていた。これ以上落ちたら、明日の分の木がなくなってしまう。リスはゾウにどうしても食べてしまわないといけない、あまいヤナギの木の皮があるんだけど、と言った。「いま食べないとくさっちゃうんだ」

「ふーん」ゾウは言って、眉をしかめた。

しばらくすると、ゾウとリスはブナの木の根元に座り、くさる一歩手前のヤナギの木の皮を食べていた。夏の朝のことだった。

27

森の真ん中の地面に穴があいていた。ある朝、ゾウとリスとカメはその穴のふちにすわっていた。

ゾウは木の皮に大きな字で「うえへ」と書いていた。リスは黄色いぼうしをかぶろうとしていたが、小さすぎてすぐに脱げてしまった。カメは自分の甲羅の端っこに立とうとしていた。

「空をかけのぼろうよ」ゾウが言った。「そして消えてしまおう……」

ゾウは「へ」の字を書き終わり、「うえ」がどこをさしているか、はっきりわかるよう、矢印を付け足そうかと考えていた。

カメはやっとのことで自分の甲羅の端に静止して立ち、ささやいた。

「しーっ。なにも考えないで……」

でも、リスはぼうしをわきに置いて、ふるえながら言った。

「いまが夏だって考えようよ」

「うん、いいよ」ゾウとカメが同意した。みんな夏が好きで、いつでも夏だったらいいのに、と思っていた。

「ほら、ちょうど熱波が来たみたいだよ」ゾウが言った。

カメはいちはやく額の汗をぬぐい、甲羅の上から地面に降りた。

「これはプールなんだ！」リスが穴を指さして言った。

「気をつけて！」ゾウが叫んだ。ゾウは、想像のなかで泳いでいるどうぶつたちに手を振り、鼻でピーッと笛の音を出そうとした。カメは、穴のむこう側の日かげに、用心深くツノを水につけているカタツムリの姿が見えると言った。

みんなは自分たちがプールの監視員で、どうぶつたちがそこで泳いでいるということにした。カブトムシ、ハリネズミ、サイ、ライオン、そして地面からはい出してきたモグラまで泳いでいた。「まるで、蒸し風呂だ！」想像上のモグラは叫び、トッポンと妙な音をたてて水に飛びこんだ。

「みんな、飛びこみがしたいって」カメが言った。

ゾウとリスとカメは小さな木の幹をひろい、穴のふちに置いた。

「みんな、ほんものの波を待ってるよ」ゾウが言った。

こんどは茂みから波に見立てた草をあつめてきて、穴の底に敷いた。

「水がきらきら光ればもっといいって」リスは言って、長いあいだ、土の中に隠してあった小さな箱から、きらきら光るものを取り出して、波の上にまき散らした。

「みんな、満足してるよ」ゾウが言った。

「うん」リスとカメも言った。

みんな、だれも溺れないよう、気をつけて見ていた。

寒い日で、まもなく太陽は黒雲のうしろに姿を隠した。

「みんな、プールからあがらなきゃ」カメが言った。

ゾウとリスとカメは神妙な顔でうなずきあい、波ときらきら光るものと飛びこみ板をかたづけた。

そのあとは、いまが冬で雪がふりはじめた、と思いついて、寒さにふるえた。

「なんでぼくはいつでも自分の好きなことだけ考えていられないんだろう！」ゾウが大声で言ったが、リスとカメは黙っていた。

しばらくして、カメがせきばらいをして言った。

「こんどはぼくたちみんなが誕生日ってことにしない？」

すぐに、ゾウとリスとカメは誕生日が来たことにして、おたがいにおめでとうを言いあった。

巨大なケーキが真ん中にあって、砂糖の雪が降ってくるのを想像し、おいしく食べた。

「ぼくたち、いま、しあわせだと思ってるかな？」カメがそっとたずねた。

「うん」リスとゾウが答えた。「そう思ってるよ」

28

ある朝、アリが旅に出た。

アリのうしろ姿を見送っていたリスは、心臓がドキドキして大声で叫んでしまった。

「アリ！　帰ってきて！」

アリはもう遠くにいて、その姿は小さな点ほどにしか見えなかった。でも、リスの声はアリに届いた。

アリはもどってきて、頭を振った。

「だめだよ、そんなことさけんじゃ」アリは言った。

「どうして？」アリがもどってきて大喜びのリスは、アリの前にハチミツとブナの実を並べた。

「アリが遠くにいるのを見たら、どうしようもなかったんだ。もしかしたら、永遠にいなくなっちゃうかもしれない！　と思って」

「そうかもしれない。でも、あんなことさけんじゃいけないんだよ。でないと、気持ちよく旅立てないから」

「だって、いやなんだよ。アリが旅に出るのが」

「それでもぼくは行くんだよ」

リスは深いためいきをついた。

アリはハチミツを一ビン食べおえて、ふたたび旅に出た。アリはまた遠くに行き、リスはまた帰ってきて、とさけびたくなった。でもリスはぐっとこらえて、心臓がドキドキするにまかせ、さけばずにいた。かろうじてアリとわかる点は、長いあいだ、小さくならず、こちらを見ているように見えた。でも、はっきりとはリスにも見えなかった。

リスは意地になって、だまっていた。

しばらくすると、おどろいたことに点がまた大きくなってきて、アリがもどってきた。

「リスよ……」アリは言って、頭を振った。

「帰ってきてってさけばなかったよ」リスが言った。「ぜんぜんなんにもさけんでないよ」

「でも、そう考えただろ」

リスは大きく目を見ひらいて、アリを見つめた。

「うん」ためらいがちに、リスは言った。「考えることは考えた」

「そうだろう！」アリが言った。「だめなんだよ、考えちゃ」

リスは黙ったまま、棚に残っていたハチミツとブナの実を、あらいざらいアリの前に並べた。

アリはもう食べられなくなるまで食べた。

「言っちゃだめだし、考えちゃだめだし、そう願ってもだめなんだ」さいごに苦労して立ち上がりながら、アリが言った。

リスは自信なげにアリを見つめた。どうすれば願わないでいられるか、リスにはわからなかった。まだ一度も、つよく願っていることを願わずにいたことはなかった。でも、アリが自分に腹を立てるのもいやだった。

リスの頭は混乱して、ミシミシ音をたてそうだった。

アリはさよならを言って、またもや旅に出た。

リスはアリを見送りながら、力を振りしぼってなにも考えないようにした。

ブナの木からそれほど遠くないところで、アリは転んでしまい、そのままあおむけに寝ころんでいた。

「ちょっと休まなきゃ」アリは大きな声でそう言ったあと、眠りに落ちた。

気持ちのよい日で、リスは戸口の前に腰を下ろし、なにも言わず、なにも思わず、なにも願わ

ずにアリのほうを見ていた。

夕方、目をさましたアリは、ぐっと伸びをして、自分がなにをするつもりだったのか、思い出した。

「今日は」アリがさけんだ。「旅に出るのは、見合わせる」

「うん、わかった」リスもさけんだ。

アリはゆっくりとブナの木をのぼってきた。

それから、アリとリスは家のなかで、夜霧が森を覆ってゆくのを見ていた。遠くでクロウタドリが鳴いていた。

「なんて日だ」アリが言った。

リスはうなずいて耳のうしろをかいた。

29

ある夜、リスとアリはブナの木のいちばん上の枝に並んですわっていた。あたたかく静かな夜で、リスとアリは木々のいただきや星々を見ながらハチミツを食べ、話をした。太陽について、川岸について、手紙について、そして〈憶測〉について。

「今晩をとっとこうと思うんだけど」アリが言った。「いいかな？」

リスはおどろいてアリを見つめた。

アリは小さな黒い箱を出してきた。

「このなかにツグミの誕生日も入ってるんだ」アリは言った。

「ツグミの誕生日？」リスが聞いた。

「うん」アリは言って、ツグミの誕生日を箱から取り出した。

リスとアリは、ニワトコの実のクリームののったあまいクリのケーキをふたたび食べ、ナイチンゲールがうたい、ホタルの光が点滅するなか、ダンスをした。ツグミのくちばしは、喜びに輝いていた。こんなすばらしい誕生日は、リスもアリもほかには思い出せなかった。

アリは誕生日をまた箱にしまった。

「〈今晩〉もこの箱に入れとこうと思って」アリが言った。「もういろんなものが入ってるんだ」

アリは箱を閉じてリスにさよならを言い、家路についた。

リスはずっと戸口の前の枝に座ったまま、箱のことを考えていた。

〈今晩〉はどんなふうに箱に入っているのだろう？　しわくちゃになったり、色あせたりしない？　ハチミツの味もいっしょに入ってる？　取り出したら、またいつでも箱に入れられる？〈今晩〉が落ちたり、こわれたり、あるいは転がっていってしまったりはしない？　あの箱にはほかになにが入っているのだろう？　アリが自分だけで経験した冒険？　波がきらきら輝くときに川岸の草むらで迎えた朝？　遠くに住むどうぶつたちからの手紙？　いつか箱がいっぱいになって、もうなにも入れられなくなることがある？　悲しい日をしまうようなべつの箱もある？

リスはめまいがしてきたので、家に入り、ベッドにもぐり込んだ。

アリはそのころ、灌木の下にある家でぐっすり眠っていた。箱はまくら元の棚の上にあった。でも、アリはしっかりとふたをしめていなかった。真夜中にとつぜん箱があいて、古い誕生日が猛スピードで部屋のなかに飛び出した。

アリは月の光を浴びて、シナノキの下でゾウと踊っていた。

「寝てるんだよ！」アリはさけんだ。

「かまわないよ」ゾウは言って、アリとゆらゆらリズムをとりながらまわった。ゾウは耳と鼻を振りまわして「うまいじゃない、ぼくたち」と言い、アリの足を踏んづけて「あ、ごめん」と言った。アリもぼくの足を踏んづけていいんだよ、とも。

ホタルはバラの茂みで光り、リスはシナノキのいちばん下の枝にすわって、アリに手を振っていた。

とつぜん、誕生日が箱にするりともどり、まもなくアリは目をさました。

アリは目をこすり、あたりを見まわした。月の光が部屋に射しこみ、棚の上の箱を照らしていた。アリは起き上がり、ふたをきちんとしめ直した。まだしばらく箱に耳を押し当てていると、音楽やガサゴソいう音やさざ波が聞こえてきた。ハチミツの味が聞こえてきたような気さえしたが、そんなことがありうるのか、アリにはわからなかった。

それからアリは眉をしかめ、ベッドにもどった。

30

カブトムシは疲れていた。ぼんやりとうなだれて、地面の石の下にうずくまっていた。なんて疲れてるんだ、とカブトムシは思った。

カブトムシは石の下から暗いまなざしで、どんより重く荒れ模様の空を見つめた。

そのうちカブトムシはひっくり返り、横向きに倒れた。立ち上がろうとしたが、すぐにあきらめた。まあ、いいや、とカブトムシは思った。

あたりが暗くなった。

一晩じゅう、カブトムシは横向きに寝たまま、自分がどんなに疲れているか、考えていた。眠れないほど疲れていたのだ。

雨が降りはじめ、石がカブトムシの上をずるずるとずれた。

これでもか、だな、とカブトムシは思った。

翌日、天気はますます悪くなった。嵐が吹き、どしゃぶりになった。カブトムシは雨に押し流された。でも、もうべつにどうでもよかった。そうだろう？　とカブトムシは思った。

岩にぶつかり、カブトムシは泥にさかさまに沈んだ。ひどいな、とカブトムシは思った。

そのとき、さけび声がした。「カブトムシ！　カブトムシ！」

だれかがさがしてる、とカブトムシは思った。

声はしだいに遠のき、カブトムシはだれがなんのために呼んでいたのか、考えた。どうせ、ろくでもないことにちがいない。

あたりは真っ暗で静まり返り、時間はひどくゆっくりと流れた。時折、頭のなかで「カブトムシ！　カブトムシ！」というさけび声が聞こえた。

ぼくのことだ、とカブトムシは思った。岩の下の泥に、いっそう深く沈んでゆきながら。

31

ある日の午後、ゾウはカバノキの木かげの草むらにすわっていた。初夏で、太陽は輝き、カバノキの葉っぱはガサゴソと音をたてていた。そういえば、ハリネズミはいったいどうしてるだろう？　ゾウはふと思った。ハリネズミのところに行ってみようか？　と考えてから思いついた。手紙を出してみるのもいいな。

ゾウはうなずき、ハリネズミに手紙を出すことに決めた。カバノキの皮を手に、ゾウは片目をつぶって書きはじめた。

く

鼻の動きを止めて、ゾウは自分の書いたものを読んでみた。ほんとうはゾウは「親愛なるハリネズミ」と書きたかった。でも〈く〉という字しか知らなかったのだ。ほかにもいろんな字があるのは知っていたが、どれも不便で役立たずのように見えた。正直言って、一字あれば十分だ、とゾウは思っていた。

もう一度うなずいて、ゾウはつづきを書いた。

くくくく　くくくくく
くくく　くくくく　くくく　くくくくくくくくく　くくく　くくく
くく

よし、とゾウは思った。ぼくから手紙だなんて、ハリネズミ、びっくりするだろうなあ。

ゾウは手紙を折って、上に放り投げた。風が手紙を吹き飛ばし、木々のあいだをぬけてナラの木からそれほど離れていない灌木の下にあるハリネズミの家に届けた。ハリネズミはちょうどおもての日当たりのいい場所にすわっていた。手紙はハリネズミの鼻にふわっと落ちた。

うわー、手紙だ！　ハリネズミは手紙をあけて、読んだ。胸がドキドキしていた。

読み終わると、ハリネズミは目をぎゅっと閉じて、じっくり考えた。

こんなにじっくり考えたのははじめてだった。針が真っ赤になり、その姿はアザミの花のようだった。

だれだろう、〈くく〉って？　ハリネズミは考えた。〈くく〉も針を持っているのだろうか？　〈くく〉はぼくが〈くくくくく〉だと思ってるのか？　だとしたら、とんでもないまちがいだ。

風はけっしてまちがわない、とハリネズミは知っていた。手紙はたしかにハリネズミ宛てのものなのだ。

ハリネズミは戸口の前を行ったり来たりしながら、もう一度手紙を読んだ。読み終わるとまた最初から読んだ。そのうち、内容をそらで覚えてしまった。

返事を書かなきゃ、とハリネズミは思った。返事はかならず書くものだ。どんなときもかならず。

ハリネズミは前かがみになって、木の皮に書いた。

親愛なるくく
手紙をどうもありがとう。手紙をもらって、とてもうれしいです。
でも、ぼくの名前はくくくくくではなく、ハリネズミです。

ほかになにを書けばいいか、わからなかった。ハリネズミは手紙の下に名前を書き、折りたたんだ。風が手紙を運んだ。

32

しばらくして、ゾウは手紙を受け取った。

ハリネズミからだ、とゾウは思った。でも、ゾウは手紙をあけなかった。〈く〉以外の字がいっぱいのものを読むのが、ゾウはきらいだった。今晩、頭の下に入れて寝よう。そうすれば、なにが書いてあるか、聞こえてくるさ。そうゾウは考えた。

夕方、ゾウは家路についた。手紙はしっかりと巻き上げて、鼻でもっていた。家に帰ると、土風呂に入り、砂糖をふりかけた灌木を大きな皿いっぱい食べ、ベッドにもぐり込んだ。手紙は耳の下に置いた。

真夜中、深い眠りのなか、とつぜん耳元でささやく声が聞こえた。

「親愛なるゾウ。ぼくは元気です。ゾウも元気にしていますか？　ハリネズミ」

ゾウはうなずき、夢のなかで答えた。うん、ぼくも元気だよ、ハリネズミ。元気にしてるよ。

深いためいきをつき、もう片方の耳を下にして、ゾウはさらに眠った。

「キリギリス、キミはいったいどれくらい高く跳べるんだ?」ある朝、カエルが聞いた。

「そうだな……」キリギリスが言った。「すくなくともあのキンポウゲは跳びこえられるね」

「それほどじゃないな」とカエルは言った。

「いや……」とキリギリス。「ヤナギを跳びこえることもあるよ」

「それも高いとは思わない」カエルは言った。「ヤナギなんて、ぼくなら跨《また》いでこえるね」

キリギリスは眉をしかめて言った。「あの雲、見える? 目をとじて跳びこえられる」

「なんだ」カエルが言った。「あの雲か……ぼくはきのう太陽を跳びこえたよ」

「太陽を?」キリギリスが聞いた。

「そうだよ」とカエルは言った。「そして、明日は宇宙を跳びこえるんだ」

「宇宙?!」宇宙については聞いたことがなかったが、おそらくなにかとても大きなものなのだろう、とキリギリスは思った。

「今日は休息してるんだよ、キリギリス」カエルはあくびをして、川岸の草にもたれ、目をとじた。

キリギリスはガックリ気落ちしてその場を立ち去った。タンポポの上を跳ぼうとしたが失敗して綿毛にぶつかり、くしゃみをして顔から地面に突っ伏した。

しばらくして立ちあがると触角を打撲しているのがわかり、暗い気持ちでとぼとぼと歩いていった。

するとキリギリスはカタツムリに出会った。

「こんにちは、カタツムリ」キリギリスは言った。「宇宙ってなにか知ってる?」

「知ってるとも」頭を前に突きだし、ツノをまっすぐに立て、目を半分とじてカタツムリは言った。「宇宙、それはぼくだ」そう言うと、すこし前に滑りだした。

「カタツムリが⁉」キリギリスはビックリして言った。

「ああ」カタツムリは言った。「ぼくの家とぼく、合わせて宇宙だ」

「そう」キリギリスは思った。それならば、かんたんなことだ……。

キリギリスは助走して、カタツムリを跳びこえた。

「じゃあ、いまぼくは宇宙を跳びこえたっていうこと?」キリギリスはたずねた。

「ある意味、そういうことになるね」とカタツムリは言った。「でもキミに跳びこえられるのはいい気がしない。ふつうに横を歩いてまわってもらうほうがいいね」

「そうか、ごめんね」とキリギリスは言った。

「うん」とカタツムリは言った。

しばらくしてまたカエルに会ったとき、キリギリスはカエルからちょっと離れた場所にすわって大声で言った。「あ、そういえば、カエル、そうだった。さっきちょうど宇宙を跳びこえたんだよ。ほんとうにたいしたことないよね」

カエルはうとましそうな顔でだまっていた。

「でも、ふつうに宇宙の横を歩いてまわったほうがいいね」とキリギリスはさけんだ。

それを聞いたカエルは池に飛びこみ、泥に姿をくらませた。泥のなかを這うこと……それはどうやったってキリギリスにはできまい、とカエルは思った。ケロケロ鳴くことも。

しばらくして水草の根をひとくち食べたカエルは思った。まあ、どうでもいいけどね。

33

アリとリスがブナの実を五つ、クリームを三皿、ケーキを一つ、それにプリンを二つ食べおわったとき、リスが言った。

「まだ小さなハチミツのビンがあるんだけど」リスはアリのほうを見た。アリがリスのところにあそびにきているのだ。「それはこんどにとっとこうか？」

「うん、いいよ」アリが言った。

どちらもおなかがいっぱいでうまく動けず、長いあいだ、天井を見上げていた。

でも、一時間するとアリは聞いた。「そのハチミツのビンって、どのくらいの大きさなの？」

「小さいよ」リスは二本の指で大きさを示した。

「そうだね」アリが言った。「とっといたほうがよさそうだね」

リスはうなずいた。

「もうずっとまえから、あるの？」アリがたずねた。

「かなりね」

「そういうビンって、いつもどのくらいとっとくの？」

「いろいろだよ」

「ぼくは、ぜったい長くとっとかないんだ」ちょっと黙って、アリはつづけた。

「だからどうっていうわけでもないけどね」

しばらくして、アリはどういう種類のハチミツかたずねた。そのすぐあとにこんどは、いったいなぜリスがそのハチミツをとっておきたいのか、いつ食べるつもりか聞いた。

「さあ、わからない」リスは言った。「おかしい？」

「うん、おかしい。なんか謎めいてるよ」

「そうかな」

少したってアリは、ちょっとそのビンを見せてもらえるか、と聞いた。リスはビンをもってきた。

アリはじっとビンをながめながら、ときどき意味ありげにうなずいた。

「これは危険なビンだよ、リス。すごく危険なビンだ。見ればわかるよ。これはいまあけてしまうか、でなければ、忘れてしまえるくらい完璧にしまいこむか、どちらかにしなきゃだめだ。でないと、ぼくらの敗北になる」

「敗北？」リスが聞いた。

「うん」アリが言った。「敗北っていうんだよ、そういうのを。いやなもんだよ！」

アリはとても深刻で心配そうに見えた。

忘れてしまえるほど完璧にしまいこむというのは不可能だ、とアリとリスは思った。そこでビンをあけて、飛ぶような勢いでハチミツを食べきった。

食べおわってようやく、アリとリスはこれで安全、とホッとした。

34

「もし、リスのことがきらいになったらね」ある日の午後、ゾウはリスに話しかけた。「そしたらリスを頭の上に持ち上げて、森の上を振りまわして、海に放り投げるよ」

「えっ、ほんと?」リスがたずねた。

「うん」ゾウが言った。「どうやって家までもどって来るかは、自分で考えるしかないね。でも、もし、家にもどって来ても、またぼくがつかみ上げて森の上を振りまわして、こんどは海の上も振りまわして、その先の山に放り投げる。リスが洞窟に落ちてそこでずっともがいてるようにね。もし、そこからも脱出できたとしたら、こんどは……」

リスはテーブルに肘をついて、夏と川岸のことを考えていた。ゾウはテーブルの向こう側にいた。斜めに椅子にすわって足を組み、耳、鼻、前足のぜんぶを使って、ぶらぶらゆれていた。

リスがきらいになったら、そのつぎにはどこに放り投げるかを話したあとで、ゾウはだまって考えこんだ。ゾウの額に大きな灰色のしわが寄った。

「もう一杯、お茶飲む?」リスがたずねた。

「うん、おねがい」

ゾウとリスはお茶をもう一杯ずつ飲んだ。

「おいしいお茶だね」ゾウが言った。

「ヤナギ茶なんだ」リスは言って、コップのなかをじっと見つめた。

「でも、そうするのはね」ゾウがつづきを話しはじめた。「リスのことがきらいになったときだけだよ」

「うん」リスにはちゃんとわかっていた。

「ほんとはぼく、リスのこと、ぜーんぜんきらいになったりしてないよ。それにこれからだって、ぜったいにきらいになったりしない。ぜったいに、だよ。そこがかんじんなところなんだ!」そう言うと、ゾウはまた鼻、前足、耳をばたばた振った。

リスはお茶を飲みほして、ゾウにもう一杯、すすめた。

「うん、いただきます」とゾウは言った。「ほんとうにおいしいお茶だねえ」

35

「ぼくのこと、へんだと思う？」タコがリスにたずねた。

リスはタコを見つめ、一瞬ためらった。

「つまりさ、この腕の数とか吸盤とか……」頬を灰色にして、タコは目をふせた。

「ううん」リスが答えた。「へんだと思わないよ」

「ぼくってほんと、へんじゃないんだよ」タコが静かに言った。

うん。ぼくはタコをへんだと思わない。リスはそう考えた。

タコとリスは浜からあまり遠くない、海の底にいた。タコがリスをお茶に誘ったのだ。

リスはあたりを見まわした。少しむこうの海中には黒雲があり、そこから雨が降っていた。あれはへんだぞ、とリスは思った。

「海のなかでも雪が降ったりするの？」リスがたずねた。

「うん、降るよ」タコが答えた。「すべてちゃんと機能してるんだ」

「雷も鳴る？」

「うん、すべて、だからね」タコは言って、眉をひそめ、腕のなかの二本を組み合わせた。

リスはお茶をほんの少し口にして、自分自身に言い聞かせた。このお茶はおいしい。リス、このお茶はとってもおいしいぞ。

「おいしいお茶だね、タコ」リスは言った。

「ほんとう？」タコが聞いた。「これ塩水茶なんだ。塩から茶のほうは、きらしててね」

しばらく沈黙がつづいた。ときどきリスは目をぎゅっと閉じ、深呼吸してからほんの少しお茶を口にした。

タコはもの思いにふけっているようだったが、ふいにリスを見てたずねた。「ぼくと入れ代わってくれる？」

入れ代わる？　リスは考えた。タコと？　つまり、ぼくがタコになって、ここに住んで、しょっぱいお茶を好きになるっていうこと？　リスの額に汗の玉が浮かんだ。海中でも汗の玉ができるとは、リスは知らなかった。海中で咽がかわくということも。リスは急に咽がかわいた。もし、いやだと言ったら、ものすごくいじわるだろう……リスは考えた。

「どうかしたの？」タコがたずねた。「やっぱりぼくのこと、へんだと思ってるんじゃない？」

「そんなことないよ。ぼく、タコのこと、ぜんぜんへんだと思ってないよ。ほんとだよ」

ほんとうにそうなんだ。リスは心のなかで思った。

「あっ、そうだ」リスは立ち上がった。「そうだった。ぼく、急いでるの忘れてた」

「急いでる？」おどろいてタコがたずねた。

「うん、急いでる」リスは言った。「とつぜん、急いでる」

リスはタコと別れのあいさつをした。

「そうか、じゃあ」タコはリスに手を振ろうと、ぜんぶの腕を持ち上げた。

リスは浜をめざして海の底を歩いた。

「ぼくと入れ代わってくれるか、まだ答えてないよ！」タコがまださけんでいたが、もう遠くまで来ていたので、リスは聞こえないことにした。

36

ある朝、リスは戸口の前の枝にすわり、手紙を書いていた。

親愛なるアリ
この木の皮は小さく
て書くところが少な
いけれど、アリに手

〈手〉の字まででカバノキの皮はいっぱいになってしまった。もう名前を書き足すこともできなかった。なんどか読み返し、リスはアリがこの手紙をどう思うか考えてみた。〈手〉というのは手ではなくて手紙のことだとわかるだろうか？　リスはどうしようか迷ったが、このまま送らないのはもったいないと思って、空に放り投げた。風が手紙を運んだ。

しばらくして、アリはリスからの手紙を読んだ。

読み終わると、小さなカバノキの皮を手にとって、こう書いた。

親愛なるリス
手をありがとう

アリは名前を書かずに、すぐに手紙を送った。

まもなく、リスは手紙を読んだ。心臓がドキドキして、額に深いしわが寄った。じゃあ、アリはぼくからの手紙だってわかったんだ。でも、〈手をありがとう〉とはどういうことだろう？　もしかしてこう書きたかったのかもしれない。「手紙をありがとう。でも、もう二度と会いたくありません」または「手品をありがとう。でもこれからはちゃんとした手紙を書くか、そうでなければなにも送らないか、どちらかにしてください」あるいは「手持ちぶさたで書いたんでしょう。ありがとう。ふんっ」。

リスは寒気がしてきて、身ぶるいした。大急ぎで引き出しという引き出し、すみというすみをさがして、たった一枚残っていたカバノキの皮の小さな切れはしを見つけだし、それに書いた。

アリ、あそびにくる？　リ

〈リ〉とはぼくのことだ。アリにはわかるはずだ、とリスは思った。でも、ほんの少し心配だった。もしかしたら、リンボウっていうどうぶつが存在するかもしれない。あるいはリッシーとか。ぼくの知らないどうぶつが、たくさんいるはずだ。

しばらくして、小さなカバノキの切れはしが、風に乗ってリスのほうに飛んできた。お、来たな。リスは切れはしの手紙を読んだ。

うん。アリからだ、とリスは思った。アリからなんだ！　リスはあわてて立ち上がると、いちばん大きなブナの実のハチミツのビンを棚から取り出して、待ちきれずにアリの皿にたっぷりと盛りはじめた。アリがリスのとなりにすわって、手紙にはけっして書けないいくつもの話をするのは、もうすぐだったから。

37

朝早くのことだった。陽がのぼったところで、森はまだ霧がたちこめて湿っぽかった。クモの巣がきらめき、カワカマスは川の真ん中で口を水面から出してあくびをした。

ゾウはナラの木の下に立ち、考えていた。どうしよう、のぼろうか？

いったんのぼれば下におちて、いま立っているところに尻もちをつくのは明らかだった。

「上でなにをするというんだ?」ゾウは声にだして言ってみた。

「なにもしない」とゾウは言った。「だから、のぼるべきじゃないんだ」

でもそのすぐあとに、とても近くで声が聞こえたような気がした。「もったいぶらずに、のぼれよ!」

その声に聞きおぼえはあったが、声の主がだれかはわからなかった。まるで自分の声みたいだったが、自分ではないはずだ。

「おーい」念のためにゾウはさけんでみた。

「なに?」泥のなかで眠りからさめ、ハスの上にあがったカエルが、ゾウを見て言った。

「カエルだったの?」ゾウはおどろいて聞いた。

「そうだよ」カエルはケロケロと陽気に言った。気持ちよく眠った、とちょうど思ったところだった。「ぼくだったし、いまもぼくであるにちがいない」その考えがあまりにも愉快だったので、カエルはひっくり返り、また水のなかに姿を消した。

これじゃなんの役にもたたない、とゾウは思った。ぼくはいまどうすべきなんだろう? のぼらないと、ぼくはもったいぶってるんだろうか? もったいぶるとは、そもそもどういうことなのか?

思案しつつ、ゾウはナラの木のいちばん下の枝にのぼった。結局、のぼることにしたってことか。そう決めたとは知らなかった。ゾウは頭をふった。もったいぶるのはいやなようだ。ためいきをつき、ゾウはつぎの枝に足をかけた。

ナラの木は高く、ゾウは休むことなくのぼっていった。しばらくすると、もうなにも考えていなかった。てっぺんのすぐ下の枝に足をかけようとしたときには、朗らかな気持ちにさえなっていて、鼻をふりまわして「わーい！」とさけんだ。森じゅうのいたるところでどうぶつたちが目をさまし、「わーい」のすぐあとに「わーっ」という声、それからドスンと落ちるような音を耳にした。

38

ぼくは不幸だ。ある朝、カメはそう思った。自分の考えにおどろいたカメは、頭を甲羅の下に引っこめて考えた。なんでとつぜんそんなこと思ったんだろう？　ほんとうにぼくは不幸なんだろうか？　いや、そんなはずはない。むしろとってもしあわせなはずだ。

そう思ったとたん、からだのどこかがうずいた。カメはそれが〈疑い〉というものだと知っていた。ぼくがほんとうにしあわせかどうか、わかったもんじゃない、とカメは思った。

カメは甲羅から頭を突き出した。なにかほかのことを考えたかったが、どうしようもなかった。ある瞬間、すごくしあわせだと思っていたら、つぎの瞬間には果てしなく不幸に思えた。ときどき首を横に振ったかと思うと、同意するようにうなずきながら、何時間も考えていた。

昼前に、カミキリムシがカメのうずくまっている灌木のそばを通りかかった。

「こんにちは、カミキリムシ」

「こんにちは、カメ」カミキリムシは、立ち止まった。

「あのさ……カミキリムシ」カメは慎重に切り出した。「ぼくって、しあわせだと思う？」

「どうかな」カミキリムシは二回、カメのまわりをまわってから、カメにあおむけになって足をバタバタさせてみるように言った。それからカメを持ち上げ、太陽のほうを向いて頭上高くにかざしてみた。目を半分閉じて、カミキリムシは深く考えているようだった。カメは息をころしてじっとしていた。

ようやくカミキリムシは、カメを下ろして言った。「ちょっとしあわせ。カメはちょっとしあわせだよ」

「そう」カメが言った。「不幸のほうは？」

「うん、それもちょっとある。だいたいしあわせと同じくらいだね」

カメはまだ聞きたいことがあったのだが、「だめだよ、急いでるんだ。じゃあね」とカミキリムシは言い、走り去った。

そのあとカメは灌木の前にすわって、午後じゅうずっと考えていた。ぼくは両方ちょっとずつなんだ。でも〈ちょっと〉って、いったいどれくらいなんだろう？

ときどき、ちょっとおなかがすいたり、ちょっと暑いことがある。かなり暑いことも。〈ちょっと〉と〈かなり〉は同じなのだろうか？　それから、しおれたタンポポと古いカバノキの葉のことを考えた。どちらもちょっとおいしいけれど、ちょっと苦くもあった。

太陽が沈むと、カメは目を閉じて頭を甲羅の下に引っ込めた。それから、少しうしろ向きに這ってから眠りに落ちた。

その夜、カメは自分が雲になった夢を見た。真っ黒な雲で、雨になって降った。やわらかく、やさしい雨ではなく、強くたたきつけるような雨だった。地上に小さくゾウの姿が見えた。ゾウは大きく目を見開いて空を見上げ、大声で言った。「こんなはげしい雨ははじめてだ！」

カメは自分がすっからかんになるまで降りつづけた。そこで目がさめた。

太陽がのぼり、青空が広がった。カメは幸い、もう自分がしあわせか不幸か、どんなふうにしあわせでどんなふうに不幸か、考えていなかった。

灌木の下から這い出ると、コオロギが誕生日にプレゼントしてくれた発明品で、甲羅を磨きはじめた。それは、枝とタワシとちょうつがいでできていた。

いま、ぼくは輝いている。しばらくしてカメは思った。自分が輝いていると、ほぼ確信がもてた。きらめく太陽が森の上にのぼった。カメは散歩をはじめた。遠くに見えるキンポウゲを見ながら、夜までにそこにたどり着きたい、とカメは思った。

39

サイは自分の誕生日に、あまりにも固くてだれも食べられないケーキを焼いた。パーティーにあつまったどうぶつたちは暗い顔で、ケーキのまわりにすわっていた。

「もっとべつのケーキを焼くべきだったんだよね」サイがしょんぼりと言った。家にはほかになにも置いてなかった。

「ぼくんちには、いつだってなんにもないんだ」サイは小声で言った。

キツツキはケーキをつつこうとして、くちばしをけがした。ワシはケーキを空中に運んで、空高くから落とした。でも、ケーキはひとかけもくずれなかった。バイソンはケーキに突進し、体当たりしてみたが、草の上にあおむけに倒れ、ぼんやりした頭でひっくり返っていた。

コイはケーキを川底に持っていった。「溶けるかもしれないよ」

でもそれはむだな努力だった。ケーキはいつまでも固く、どんな攻撃も受けつけなかった。どうぶつたちはその夜、がっかりして、おなかをすかせて家路についた。

ケーキはいつまでも森の真ん中に置かれていた。ときどき、だれかが通りかかってケーキにもたれ、サイの誕生日を思い出した。ケーキの上で眠ってしまうどうぶつもいた。

いつまでもいいにおいがして、ほんとうはすごくおいしいケーキだったのがわかった。

ある日、アリとリスがケーキのそばを通りかかったとき、アリが言った。「あのケーキ、記念碑になったたね、リス」

「なんの記念碑?」リスが聞いた。

アリはそれには答えず、敬うようにケーキを見つめ、うやうやしく舌なめずりした。

40

「リスにもあるかな?」あるとき、アリがリスにたずねた。「もうハチミツを見るのもいやになることが」

リスはすこし考えてから言った。「ううん、そんなことはぜったいにないよ」

「ぼくはあるんだ」とアリが言った。「そうなると、ハチミツがもういやでたまらなくなって……そんなときにリスにハチミツを見せられたら、指を耳につっこんで全速力で走って逃げちゃうよ」

アリとリスはリスの家にいた。外は雨ふりだった。

「そうなったら、ハチミツがぜったいに追いかけてこられないところまで走りつづけるね」とアリは言った。

「いや、ぼくにはそんなこと一度もないよ」リスは言った。

「それはとてもラッキーなことだよ、リス」アリが言った。「ほんとうに怖ろしいことだから。

ハチミツが金切り声をあげるか、とがった爪で背中をひっかくような感じなんだ。うまく言えないけど……」

「ふつうのハチミツが？」とリスは聞いた。

「どんなハチミツでも」アリは答えた。

「いまもそうなってる？」リスは聞いた。

「いや、いまはまったくそんなことない」

「じゃあ、いまならハチミツから走って逃げない？」

「うん」とアリは言ってこうつけたした。「たぶん、いまだったら逆にハチミツに近づくと思う」

「そうなんだ」とリスは言った。

「なんでそんなこと聞くの？」アリの目がすこし大きくなっていた。

「とつぜん、思い出したからだよ」とリスは言って、戸棚からクリのハチミツを出してきた。いっしょに味わって食べながら、アリは一度、クルミの殻にはいるくらいわずかな、ふつうのハチミツから逃れるため、地平線のむこうまで走っていったことさえあると話した。

「それはすごいね」リスは言って、ハチミツのビンをまたアリのほうに押しやった。

41

ある日、あんまり風が強く吹いたので、ゾウの鼻が吹き飛ばされてしまった。

「待てー!」ゾウはさけんだ。耳は必死で押さえて、なんとか吹き飛ばされずにすんだ。鼻は木々のむこうの雲のなかに消え去った。

ゾウは灌木の茂みに座って、嵐が過ぎ去るのを待った。

夕方、風がやんだので、ゾウは茂みから出て、悲しげなようすで森をさまよった。ほかにもなにかをなくしたどうぶつたちに出会った。甲羅、触角、ツノなどがなくなっていた。でも、ゾウは自分の被害がいちばんひどいと思った。

「まるで灰色の食パンだ」川面に映った自分自身に、憎々しげに言った。

ゾウはカミキリムシのところに走っていき、ドアをたたいた。

「どなたですか?」カミキリムシが聞いた。

「灰色の食パンです」ゾウは言った。自分の姿があまりにはずかしく、いままでの名前を口にする勇気がなかった。

「どうぞおはいり、灰色の食パンさん」カミキリムシは顔色がさえず、落ち着きを欠いているように見えた。自分の知力のほとんどが風に吹き飛ばされてしまったのだ、とカミキリムシはゾウに説明した。

でも、ゾウは耳をかさず、カミキリムシに鼻をもっているかとたずねた。

「ああ」カミキリムシは言って、なにやら長いものを持ち出してきて、ゾウの顔に取りつけた。

部屋のなかは暗すぎて、なにをつけたのかよく見えなかった。

「どうもありがとう」ゾウはそう言って、帰っていった。

カミキリムシはためいきをついて、ぶつぶつ言った。「まず、知力のどの部分がなくなったのか、調べてみなければ。でも、調べること自体、そこに含まれているとしたら、調べることもできないんじゃないか……」残された知力が頭のなかでミシミシ音をたてた。カミキリムシはまた深くて長いためいきをついた。

ゾウは池に走っていって、水面に顔を映してみた。黒いくちばしのようなものが顔についているのが見えた。もうぼくは灰色の食パンでさえない、とゾウは思った。こんなやつは無に等しい。

無に等しいやつが、水面がきらめくのを見ている、とゾウは暗い気持ちで思い、草むらに腰を下ろした。

でも、それからまもなく、あらゆるものがとつぜん空から落ちてきた。ふさふさしたしっぽ、銀色のうろこ、小さなツノ、とさか、巨大なくちばし、そしてゾウの鼻もあった。

「ぼくの鼻だ！」

それからしばらくして、ゾウは森を駆けぬけながら、だれにともなくさけんだ。「だれがここを走ってると思う？　さーて、だれでしょう？　ゾウだぞおー！」

ごきげんなゾウは、ときおり猛スピードで木に体当たりしたりした。

42

ある朝、ハリネズミがリスに言った。

「もうここに住むのはいやだ」

ハリネズミとリスは、ハリネズミの家の戸口に立っていた。

「じゃあ、どこに住みたいの？」

「あそこ」ハリネズミは上のほうを指さした。

「どこ？」おどろいて、リスがたずねた。

「あそこの枝の先」

「あんなところに⁉」リスは言った。「あんなところに住めるわけないよ、ハリネズミ。冬になったら、あそこはものすごく寒くなるんだよ。なにも置けないし、たくわえておくこともできないよ」

「うん、でも、どうしてもあそこに住みたいんだ」

「あそこ、すごく不安定だよ」

「一度、不安定なところに住んでみたいんだよ」ハリネズミが言った。「危険を冒してみたいんだ。ぼくは危険を冒すことがぜんぜんないんだもん、リス。ぜんぜんないんだよ」

リスはなにも言えなかった。

「引っ越し、手伝ってくれる？」ハリネズミがたずねた。

しばらくして、ハリネズミはリスの背中におぶさっていた。ハリネズミのからだには、いろいろな家具がバランスよくつきさしてあった。

リスはハリネズミを背負ってブナの木をのぼり、太い枝の先にハリネズミを置いてきた。

秋の半ばの暗い一日だった。リスはブナの木の下に腰をおろした。ハリネズミが落ちてきたら、ぼくが受けとめよう。リスはそう思ったが、まだ一度もハリネズミを受けとめたことがなかったと思いつき、不安になった。

枝は風にしなっていた。

「うまくすわってる？」木の下からリスがさけんだ。

「うん」ハリネズミも木の上からさけんだ。「でも、くつろいですわるのは無理だね。うしろにもたれるのも」

「なんでそこに住みたいと思ったの？」とリスはたずねた。

「正直に言おうか？」

「うん」

「衝動にかられたんだ」

リスはためいきをついて、衝動について考えた。アリはよく衝動にかられることがあったが、リス自身は一度もなかった。地面を見つめ、どうすれば衝動にかられることができるのか、考えてみた。でもリスは、衝動はこちらから求めてもけっして見つからないものだと、アリから聞いて知っていた。

風が強くなり、ブナの木の枝をゆらしてヒューヒュー音をたてた。ハリネズミは左右にたたきつけられるようにびゅんびゅん飛ばされた。

「ひゃあ」ハリネズミはときどき、小さな悲鳴をあげた。

「怖くないの？」リスがたずねた。

「うん」ハリネズミが答えた。「でもちょっとは怖いかな」

カミナリ雲が地平線のむこうに姿を見せた。昼になったころ、ハリネズミがさけんだ。「もう十分ここに住んだよ！」

リスはなにも言わずブナの木にのぼって、ハリネズミが下りるのを手伝った。

しばらくすると、ハリネズミとリスは、ブナの木の下の灌木にあるハリネズミの元の家にいた。

ハリネズミは家具を針から取りはずし、すべて元の場所にもどした。

やがてあたりは真っ暗になり、稲妻が光るときだけ、たがいの姿が見えた。ハリネズミは手さぐりで地下から砂糖のかかったクッキーを二枚もってきて、リスといっしょに食べた。

「ぼく、危険を冒したと思わない？　リス」ハリネズミが聞いた。

「うん」リスが答えた。

「大きな危険だった？」

「かなり大きな危険だったよ」

「ぼくは、かなり大きな危険を冒したってわけだ。いやはや……」ハリネズミはつぶやき、満足そうに耳のうしろの二本の針のあいだをかいた。

43

カメは一度でいいから吠えてみたいと切望していた。

一年間、カメはすべての音をたくわえた。なにも話さず、できるだけ静かに歩き、耳のうしろをかくときも音がしないようにそっとかき、ためいきもつかなかった。

トカゲのパーティーで、みんなが着席して、食べはじめたとき、とつぜんカメは大きく口をあけて、吠えた。

あんまりはげしく吠えたので、みんな椅子ごとひっくり返った。どのケーキもすごい勢いで飛んでゆき、木々のてっぺんにひっかかった。トカゲは自分のプレゼントが雲のなかにすっかり消えてゆくのを目にした。

それからカメは、口を閉じた。一瞬、静まり返ったあとにカメが言った。「すごかったでしょ？」

とくに、だれかに向かって言ったわけではなかったが、すぐそばで地面に倒れていたリスは自分に聞かれたと思って「うん」と答えた。

パーティーはたちまちお開きとなった。コートに身を隠すようにして、どうぶつたちは急ぎ足で帰っていった。トカゲは暗い顔で干からびた葉の下に這っていった。

クマだけはまだナラの木の上で、枝にひっかかっていたハチミツケーキのつづきを食べていた。ヒキガエルもこのまま帰るのはもったいないと思い、椅子が二つ倒れているあいだで、目を閉じてすこしだけ踊った。

カメはひとりで家路についた。

ほんとにすごかった、とカメは思った。その目はきらきらと輝いていた。

少し進んでからカメは考えた。長いあいだ、目を閉じてなにも見ずにいて、急に目をあけたら、同じようにすごくたくさん見えるのだろうか？

まだ宵の口だった。太陽は木々のいちばん下の枝のむこうに見えていた。カメはゆっくりと時間をかけて、余韻を楽しむことにした。ほんとうにすごい吠え声だったなあ、とカメは思った。

44

ある朝、アリが見上げると、リスがブナの枝に腰を下ろしていた。

「こんにちは、リス」

「こんにちは、アリ」

「なにしてるの?」アリが聞いた。

「手紙を書いてるんだ」リスが言った。

「だれに?」

「アリにだよ」

「ぼくに? なんて書いてるの?」アリがおどろいて聞いた。

「いま、ちょうどね」リスは前置きしてから読み上げた。「どうしてますか? って書いたところ」

手紙から目を離して、リスはたずねた。「ねえ、ほんとにどうしてるの?」

「手紙に書くよ」アリは言った。

リスはつづきになんと書いていいかわからなくなって、ペンをかんだ。

「もう、なにも思いつかないや」リスは言った。

「そう書いたの？」アリがたずねた。

「ううん、そう思ったの」

「じゃあ、こう書いて」アリはじっくりと考えた。「食べてしまわないといけない大きなハチミツのビンがあるから、あそびにきませんか、って」

「あそびにくるの？」

「そう書いてってば！」アリがじれったそうに言った。

リスはアリの言うとおりに書いて、その下に自分の名前を書いた。上に放り投げると、風が手紙を運んでアリに届けた。

「お、手紙だ」アリは言って、手紙をあけた。

「ぼくからだよ！」リスがさけんだ。

「シーッ」アリが言った。「いま読むところなんだから」

アリは手紙を読み、ちょっと草をかんで、神妙な顔をした。そして、左のうしろ足に重心をかけて立ち、耳のうしろをかいてから、返事を書きはじめた。

リスへ

わかりました。あそびにいきます。

アリ

しばらくして、リスがちょうど手紙をあけて読みはじめたとき、アリはもうリスの目の前に立っていた。

「ほら、来たよ」アリは言った。

リスは手紙を折りたたみ、あとでさいごまで読むよ、と言った。

アリはうなずいた。リスはすぐにブナのハチミツを、二つの皿によそった。アリもリスも大満足で「さてさて」と言いあった。

45

「ねえゾウ、ぼくの真うしろを歩いてみたらどうかな?」リスが言った。「そしたら、もうどこにもぶつからないよ」

「そうだね」ゾウは言って、リスのうしろを歩いてみることにした。

長いあいだ、この方法でうまくいった。ぴったりとくっつくようにして森の端から反対側の端へ歩いてゆくリスとゾウを、みんなおどろいて見ていた。曲がりくねった小道でも、どこにもぶつからなかった。

太陽がかがやき、ゾウの頭にあったたんこぶは小さくなった。

「この歩き方でほんとにいいのかな?」しばらくしてゾウが言った。「ときどき、ぼくがどこかにぶつからなくてもいいの?」

「だって、いつもぶつかってばかりでいやだったんじゃないの?」リスはおどろいて言った。

「うん、それはそうだけど」

リスとゾウはなにも言わずにしばらく先に進んだ。

ゾウは暗い気持ちになっていった。どこにもぶつからなくても、ぼくはぼくだろうか？　どういうのがいちばん自分らしいか、ゾウにはいつもはっきりわからなかった。深いためいきがこぼれた。

結局、がまんできなくなり、ゾウはとつぜん右折した。ちょうどそこにナラの木が立っていたが、ゾウは気づかず、頭から幹に激突した。

どしんという音が、森じゅうにひびきわたった。

「いてっ！」ゾウはさけんだ。「いててててっ！」額にできたこぶは、いままでいちばん大きく、ゾウは大さわぎして痛がった。でも、なんだか満足げでもあった。

リスはゾウと並んで草の上に腰を下ろし、黙っていた。

「ごめんね」ゾウは言った。「ほんとに、ごめんね」

リスはなにも言わず、つま先で地面に小さな穴を掘っていた。

「悪くないけど、やっぱりごめんね！」ふと、ゾウは大きな声でさけんだ。へんなことさけんじゃった、とゾウ自身も思った。

46

「いいアイディアがあるんだけど」クモの巣からようやくぬけ出したハエが言った。「クモの巣の上のほうに、ぼくがちょうどくぐりぬけられるくらいの小さな穴をあけるっていうの……」

「うーん」クモは言った。穴は好きではなかった。でも、このままハエが飛んでいって、二度と戻ってこないのも心配だった。「反対する理由もないし」クモは言った。

「だれにも言わないからさ」ハエは言った。

クモは巣に小さな穴をあけた。ハエは飛んでくるたび、そこをくぐりぬけた。

「おーい、クモ！」そのたびにハエは楽しそうに声をかけた。

クモはハエに向かってうなずき、ためらいがちに「おーい、ハエ」と言った。

でも、ハエは穴のことを秘密にしておけなかった。

すぐに、みんながクモの巣の穴をくぐりぬけるようになった。カやマルハナバチ、スズメ、そしてゾウでさえ一度、飛べたとき——ゾウ自身にもどうやって飛んだのかわからなかったが——

穴をくぐりぬけた。

もうこんな巣、なんの役にも立たない、とクモは思った。巣を折りたたんで箱にしまい、脚を組んで灌木のすみに腰を下ろした。

「どうしたの？」クモを見たどうぶつたちがたずねた。

「怒ってるんだ」クモは言った。あるいは「悲しんでるんだ」とか「イライラしてるんだ」などと、そのときの気分次第で答えた。

「どうして？」どうぶつたちはたずねた。

「どうしても」クモは言った。ほかにいい理由が見つからなかった。

やっぱり巣を作ろう、とクモは思った。あまりにも立派で畏れおおく、だれもけっしてこっちに飛んでくる勇気がわかないようなすごい巣を。そう、畏れおおい巣だ。

でも、残念ながらそう思っても、気分はさえないままだった。クモは悲しみ、怒り、ときどきイライラしながら、うす暗い灌木のすみにすわっていた。

47

ある朝、リスが起きると、戸口の前に手紙が置いてあった。

　リス、
　ぼくは病気です。
　　　　　アリ

リスは毛に櫛を入れ、耳を洗うと、外へ飛び出した。大急ぎでブナの木を下り、森を駆けぬけ、アリの家へ向かった。

黒い毛布にくるまり、まくらをあてでベッドに横たわったアリは、深刻そうに天井を見ていた。

「手紙、届いた?」リスが入ってくると、アリがたずねた。

「うん」リスは答えた。

「病気なんだ」アリが言った。

リスはだまってうなずいた。アリは寝返りをうって、背中を向けた。

いい天気で、日の光が部屋にあふれていた。

「どこが悪いの？」

「あちこち」アリは壁を見ていた。

「ひどく悪いの？」

「うん」アリが言った。「どこか具合がへんなんだ」アリはまた寝返りをうって、顔をリスに向けた。「だから、リスに手紙を書いたんだよ」

「そう」リスはどう言えばいいのか、よくわからなかった。病気とはなんなのか、具合がへんとはどういうことかも、リスは知らなかった。「なにか、ぼくにできることある？」リスはたずねた。

「そうだね……」アリは言った。「ぼくがよくなるようになにか言ってみて」

「なんて言うの？」

「ほら、勇気があるね、とか」

「勇気があるの？」

アリはちょっとだまってから言った。

「いや……ぼくにだってちょっとくらいは勇気があるよ。でもそうじゃなくて、リスがそう言ってみてって言ってるの」

「勇気があるね」リスは言った。

「うん……」アリが言った。「いいんだけど……言い方がちがうんだよ……どう説明すればいいのかなあ……」アリはとても不幸せで病気、という顔をした。

そこで、リスはもう一度、心の底から言ってみた。

「勇気があるね、アリ。とっても勇敢だよね」

「いや……」アリは言って、部屋のすみに置かれたベッドの毛布の下で、ひかえめに微笑んだ。

「それほどでもないよ……」

リスはだまって、ベッドの横にある丸椅子にすわった。ときどきアリはリスに、もう一度、おどろいたように頭を振って、ものすごく勇敢だと言って、と頼んだ。それから、砂糖の粒をけずり、ミツバチの巣を挽き、クリームを細かくすりつぶし、それをぜんぶ皿にのせて、ベッドのわきの床に置いて、とも。

こうして一日が過ぎようとしていた。

夕方、アリが言った。「もう、ほとんどどこも具合がへんじゃなくなったよ」

リスははればれとした顔でアリを見つめ、もう少し砂糖の粒をけずってゼリーに混ぜた。アリとリスはそれをいっしょに食べた。

食べ終わると、リスは家路につき、考えながらうす暗い森を歩いていった。どこか具合がへんだとどんな感じがするのだろうか。でもリスにはうまく想像できなかった。アリはすごいな、と感心しながら、リスは自分の家のあるブナの木をのぼっていった。

48

カは自分の誕生日を短く祝おうと思った。この世でいちばん短い誕生日パーティー。ひとつ数えるだけ、それで十分だった。

ほかには、小さな小さなプレゼント、というのが希望だった。たとえば、砂糖をひとつぶ。いや、ひとつぶのひとかけらのほうがもっといい。そのかけらのかけら。それだけでいい、とカは思った。

カはバラの茂みのすみで誕生日を祝うための暗くてひっそりした場所をさがした。そして、あまりにも小さくて、目を思いきり近づけないと見えないケーキを焼いた。でも、カがちょっとためいきをつくと、ケーキは吹き飛んでしまった。小さすぎてさがし出すのは無理だった。

翌朝は、いよいよ誕生日当日だった。

ぼくの誕生日、とカは思った。

でも、だれを招待しようか考えつく前に――〈みんな〉という考えには身ぶるいした。ホタルやトンボでさえゾッとした――もうパーティーは終わってしまっていた。

ほんとになにも祝わなかったなあ。これ以上、短い誕生日パーティーは不可能だ。

カはうなずき、満足してブーンと鳴いた。

にもかかわらず、カは来年はもう少し長い誕生日にしよう、と決めた。それでもまだ短いことは短いが、こんなには短くない誕生日。それから、ケーキは飛んでいかないように鎖つきのものにしよう。プレゼントには砂糖を二つぶ頼もう。いや、百つぶでもいい。あるいは、ひと山だって。そして、みんなを招待してみたらどうだろう？

カの羽根は興奮して赤く染まった。それからカは全速力でバラの茂みに飛び込んでいった。誕生日のほんの数秒後に。

49

アリがまた遠くに旅しているとき、リスは窓べにすわってアリのことを考えていた。

とつぜんリスはふるえだした。アリはほんとうに存在するのだろうか？

リスは机にむかい、両手で顔をおおった。

もしかしたら、ぼくが勝手に想像してつくり出したのかもしれない、とリスは思った。考えが黒くなり、リスは自分があまりにも悲しくなって、二度と立ち上がれないんじゃないか、と不安になった。

そうなる前になんとか椅子から飛びのき、外に出てブナの木を下り、森に駆けこんだ。

すぐにコオロギと出会った。

「コオロギ」リスは息もたえだえにたずねた。「アリのこと、聞いたことある？」

コオロギはじっと考えこんでいるようだった。

「アリ……」コオロギはつぶやいた。「聞いたことがあるかって？　……なんだっけ？」

「アリ」リスは言った。「アリだよ」

「アリ」コオロギは慎重にくり返した。「アリねえ。アリ……」

コオロギは首を振った。

「いいや」コオロギは言った。「聞いたことがないよ」

「そう」リスはためいきをついた。「じゃあ、たぶんぼくが勝手につくりだしたんだ」

「そうなの？」コオロギは興味津々でたずねた。コオロギはなにかをつくりだすのが大好きだった。


リスは足早に立ち去り、同じことをカブトムシ、ツバメ、ゾウ、スズメに聞いてみた。だれもアリなんて聞いたことがなかった。「アリ……いや、残念だけど」みんな、ジャコウネズミやムネアカヒワ、ヌー、ジャコウウシ、イッカクのことは聞いたことがあったが、アリは知らなかった。


夕方、リスは家路についた。足はまるで泥のように重くなっていた。リスはやっとの思いでブナの木にのぼり、戸口の前にへたり込んだ。太陽のさいごの光が、リスの頬を照らした。

そうか、ぼくはアリのことを勝手につくりだしてたんだ……。ということは、アリの触角も足も、ぼくがつくりだしたんだ。ハチミツがなにより好きだっていうことも……。ぼくがアリに会いたいっていう気持ちも。

頭のなかで、リスは自分のつくりごとが歩いているのを想像した。自分とそれが肩を組んで川のほとりにすわっているところも。少したつと、そのつくりごとがリスに話しかけたり、リスにはさっぱりわからない複雑なことを説明したりもした。

こうしてリスは戸口で眠りに落ちた。暑い夏の夜だった。

そのころ、はるかかなたの砂漠では、アリが森へ、リスのもとへと駆けながら、額の汗をぬぐっていた。どうかぼくのことを忘れていませんように、と思いつつ、いっそう速く駆けた。「もうすぐ、帰るぞ！」アリはさけんだ。「リス！」

50

リスの家のテーブルの上には、ランプがぶら下がっていた。

ときどき、ゾウがあそびにきて、ちょっとそのランプにつかまってゆれてもいいか、たずねた。

リスはいつも、いいよ、と答えた。

すると、ゾウは耳をはためかせながら、ゆらゆら行ったり来たりした。あまり勢いをつけすぎて天井にぶつかると、ランプはすさまじい音できしんだ。

テーブルに向かって低くおりてくるたび、ゾウは「リス！」とさけんで、手を振った。

リスも手を振りながら、ランプが落ちてこないよう、祈った。

そのあと、ゾウとリスはあまい木の皮を食べ、海についてや、よく誕生日を迎えるどうぶつたち、ぜんぜん誕生日にならないどうぶつたちについて、話をした。

「ぼくたち、友だちだよね？　リス」ときどき、ゾウがたずねた。

「うん」リスが答えた。

「とくべつな友だち？」

「とくべつな友だち」

ゾウは深いためいきをついて、窓ごしに、自分が何度も落ちたことのある木々の向こうを見た。

そんな午後の終わりに、ゾウはきまって「さあ、もう行かなきゃ」と言った。

別れのあいさつをしたあと、いつもリスが「気をつけて」というのが間に合わず、ゾウは足を踏みはずし、ブナの木の枝のあいだをまっさかさまに落っこちてしまった。ゾウは「いてー」と声をあげ、しばらくすると「大丈夫だよ！」、「じゃあね！」と木の下からさけんだ。

リスもできるだけ大きな声でさけんだ。「じゃあね、ゾウ！　またね！」

「うん！」ゾウもさいごにさけび返した。

51

冬のある日のこと。リスはもう長いあいだ、だれにも会っていなかった。窓べにすわって、ブナの枝のあいだを落ちてゆく雪を見ていた。

リスは自分のために紅茶を一杯淹れた。

あたたかい湯気の立ちのぼる紅茶を見て、リスは思った。紅茶ってなかなかすてきだな。

リスは紅茶と少し話がしてみたくなった。なにとでも話ができるはずだとアリは言っていた。空とだって話せるらしい。

よし、ちょっと試してみよう。せきばらいをしてから、リスは言ってみた。

「こんにちは、紅茶さん」

しばらく静まり返っていたが、やがてやわらかい、銀のような声がカップのなかから聞こえてきた。

「こんにちは、リス」

リスはあやうく椅子からころげ落ちそうになって、なんとか踏みとどまった。

「こんにちは、紅茶さん」リスはくり返し、それから紅茶と話しはじめた。いろんなもののにおいについて。輪を描いて立ちのぼってゆく湯気について。冬について。紅茶はもの知りだった。

さいごに、紅茶はリスに自分を飲みほすよう言った。

「わたしが冷めてしまわぬうちに」

一瞬ためらってから、リスは紅茶に言葉をかけた。

「さようなら、紅茶さん」

そうして、紅茶を飲みほした。

また静けさがおとずれた。「でもね、リス」紅茶はさいごに言い残していた。「必要なときには、またもどってくるよ」

リスは空っぽになったカップを置いて、ためいきをついた。それから木々の枝に積もった雪を見て、空を流れてゆく黒雲を見た。あの黒雲とも一度話がしてみたいものだ、とリスは思った。ほんとにあいつと一度話がしてみたいよ。でも、いまはいい。いまは眠ろう。ベッドにもぐり込むと、リスは眠りに落ちた。

訳者あとがき

本書『きげんのいいリス』は『ハリネズミの願い』(邦訳二〇一六年、新潮社刊)で知られるオランダの作家・詩人、トーン・テレヘンの一九九三年の作品、*Bijna iedereen kon omvallen*, (Querido)の全訳である。原題を直訳すると「ほとんどみんなひっくり返れた」となるこの本は、二〇〇〇年に『だれも死なない』という邦題でメディアファクトリーから刊行され、一部の愛読者を得たものの長らく絶版になってしまっていた。本書には未収録だった八篇を加え、翻訳を全体的に見直した。さらに、物語のなかでもっとも重要な存在、〈リス〉に着目した新たな邦題を編集部に授けられ、『ハリネズミの願い』同様、祖敷大輔さんにどうぶつたちの絵を日本語版オリジナルとして描いていただき、装い新たな完全版とした。

多くの日本の読者に出会うことができた『ハリネズミの願い』は、孤独なハリネズミがどうぶつたちにあそびに来てもらおうと招待状を書くが、悲惨な訪問の妄想ばかりが膨らんでしまうというストーリー。その元となる〈どうぶつたちの物語〉の第一作が出たのは一九八四年のこと

(*Er ging geen dag voorbij*『一日もかかさずに』)。

〈どうぶつたちの物語〉を書くにあたってテレヘンは、枠組みとなる規則をさいしょに考えた。〈皆同じ大きさ〉〈同種類のどうぶつは複数登場しない〉〈物語内でだれも死なない〉〈人間とペットは出てこない〉〈どうぶつたちは入れ換わることができ、固有の個性をもたない〉〈どうぶつたちに過去と未来は存在しない〉。作風は長い年月とともにゆるやかに変化を遂げてきたが、大まかなラインは変わらない。児童書として刊行された『きげんのいいリス』は、五冊目の作品にあたる。

心やさしくいろいろなことに疑問を抱くリス、物知りで気むずかしいアリ、木の上から落ちるのが好きなゾウ、その他の風変わりなどうぶつたちが突然宙に浮かんだり、手紙を風にのせて送ったり、〈痛み〉や〈自分〉について語りあったりする。ゾウとリス、ホタルとミミズなどが、だれかの誕生日やふつうの日の朝にダンスをしたりもする。だいじな思い出を記憶の宝箱に取っておきたいと人は思うものだが、アリは実際にそんな箱をもっている。箱をあけると、またおいしいケーキを味わえたり、きれいな歌が聞こえてきたりする。海の底でエイと盛り上がらない誕生日パーティーを開き、こんどは陸のみんなにあそびに来てもらいたいと思うイカ。孤独に黒い涙を流す様子は、どこか『ハリネズミの願い』のハリネズミを思わせる。そのハリネズミは本書ではまだ孤独なキャラクターに定まっていないので、読者はとまどうかもしれない。本書の書かれた二十五年前には、まだ天真爛漫だったハリネズミの小さな冒険を楽しんでいただければ、と思う。

一九四一年、医師の父とロシア生まれの母とのあいだにオランダ南部の島で生まれたテレヘンは、ユトレヒト大学で医学を修め、三年間ケニアでマサイ族の医師を務めた。帰国後はアムステルダムで家庭医となり、職務のかたわら詩や物語を書きつづけた。幼い娘に寝る前に、「お話、お話！」あるいは「リス、リス！」とせがまれたことがはじまりだったが、娘に聞かせていたのは人間も登場するまったくべつの物語だったそうだ。すでに詩人として作品を発表していたあるとき、物語を紙に書いてみようと思いたち、六月三日から九月十五日まで毎晩物語を書きつづけると、合計百五十五話になった。一話の執筆時間は約十分、A４に二枚以内というスタイルはその後も一貫している。集中力を大切に、一気に書き上げる。

第一作の刊行から二年後、*Toen niemand iets te doen had*（『誰もすることがなかったとき』、一九八七年）でオランダの重要な児童文学賞、金の石筆賞を受賞し、一躍注目を集めた。個人的な話をするのを好まず、のちにオランダ国内のインタビューはすべて断わるようになるのだが、当時のインタビューには興味深い話がたくさんある。ケニアでの体験が自分を変えたか問われ、「自分がどんな人間であるかもわからないというのに、ましてやどう変わったかなどわかるはずもない」と答えるテレヘン（HNマガジン、一九八八年十月）。まるでどうぶつたちのだれかのセリフのようだ。

『ハリネズミの願い』が五十九章という中途半端な数で終わっているのを不思議に思っていたのだが、その理由も当時のインタビューで語られていた。奇数でなければならなかったのだ。デビュー作の『一日もかかさずに』も四十九章。その数をめぐってこう語っている。「適当な数ではないし、7×7でもありません。わたしが何年も働いていたケニアでは、四十九がとくべつな数字なのです。すべての奇数はよい数字で、偶数は悪い数字です。娘の結婚の際には、四十九頭の牛を嫁入り道具としてもたせます。だからわたしは四十九の物語を送り出したのです」(ヘト・ビネンホフ紙、一九八八年十月)。

ロシア革命でオランダに移住した祖父についての『おじいさんに聞いた話』(邦訳二〇一七年、新潮社刊)がオランダで出版される十年以上前のインタビューでは、ロシア文学にあふれる郷愁が好きで、アリとリスがどこにいるか想像すると、ロシアのどこかであるような気がする、とも語っている。インタビュアーに、無頓着で宿命論的なユーモアが(『クマのプーさん』とともに)チェーホフを思わせる、と言われると、喜んで「ほんとうに? チェーホフはわたしのもっとも好きな作家の一人です。ロシア文学全体がわたしに影響をあたえているかもしれない」と答えている(ヘト・ビネンホフ紙)。

一九九〇年にシリーズ三作目、*Langzaam, zo snel als zij konden*(『ゆっくりと、できるだけ速く』)で銀の石筆賞、九二年に意地悪な小学校女教師についての児童書、*Juffrouw Kachel*(『カッヘル先生』)でワウテルチェ・ピーテルセ賞を受賞。九四年には、『きげんのいいリス』でふたたび金の石筆賞とワウテルチェ・ピーテルセ賞をダブル受賞した(後者は前者に批判的な一部の批評家が一九八八年にはじめた賞)。

当時の、子ども向けに書かれた書評にはこうある。「子どものための本と大人のための本があります。でも大人がとても楽しいと思う子どもの本もあるのです。（中略）すべての子どもがこの物語を好きと思わないことは知っています。でもじっくりと読んでみれば、多くのことを発見できるはずです。あなた自身が〈考える人〉であれば、どうぶつたちが考えたりやったりすることが自分と似ている、と思うこともあるでしょう。それから、大人たちについてですが、あなたの両親はきっとこの物語が大好きにちがいありません。一度試してごらんなさい。もしかしたら、これからはあなたがお父さんとお母さんに朗読してあげられるかもしれませんよ。彼らが寝る前にね」（ネーデルランス・ダッハブラット紙、一九九四年三月）。

〈どうぶつたちの物語〉は、知識人に好まれる新聞NRCハンデルスブラットの子ども欄に〈ある日〉というタイトルで連載されていたので、楽しみに読んでいた大人も多いだろう。わたしも著者に初めて会った日にこの連載のことをお聞きして、さっそく読んでみるとあまりに面白く、とたんに訳しはじめてしまった。

テレヘンという作家の長年の活躍には、大人も子どもも楽しめる文学を積極的に出版してきたケリド社の果たした役割も大きい。詩集を出しはじめたころ、ケリド社の編集者にどうぶつたちの物語を読んでもらったところ児童書として出版されることとなったが、「ケリド社に児童書部門がなかったら、どうなっていたかわからない」と新潮社のインタビューで語っている。膨大な数となった物語は現在、〈お礼〉〈お見舞い〉〈仲直り〉〈寝る前のお話〉といったテーマごとに、六十ページ前後の小さな本にまとめられ、さまざまな機会にプレゼントする本としても好評を得ている。

作風については〈哲学的〉と形容されることが多い。〈不条理〉、〈シュールレアリスム〉とも言われる。一九九七年に全作品に対してテオ・タイッセン賞が贈られたときの新聞記事にはこうある。「(オランダの児童文学界を揺さぶったデビューから)十三年後のいま、テレヘンの作品を特徴づける言葉がたくさん見つかった。ファンタジーに富んだ、ユーモア溢れる、奇妙な、シュールな、感動的な、メランコリックな、詩的な、哲学的な、夢見がちな、はかない、なにとも比較できない……これほどたくさんあり、賛美に満ちている」(トラウ紙、一九九七年九月)。

テレヘン自身はこう語る。「シニシズムは避けるようにしています。自分の物語のなかでどうぶつたちが互いを侮辱しあうのはいやです。かつてはA・A・ミルンの『クマのプーさん』やケネス・グレアムの『たのしい川べ』を読むのが好きでした。その友情にあふれた温かな雰囲気、生き生きとした言葉づかい……」(エルセヴィア誌、一九八八年六月)。

二〇一六年の雑誌〈波〉でのインタビューでは、大学時代に鈴木大拙やアラン・ワッツの禅に関する著作をたくさん読んでいたことも話してくれた。〈一指頭の禅〉の残酷な和尚の話を思い出すたびに笑ってしまうという。「ぼくはいつでも不条理なこと、奇妙でふつうではない事柄に惹かれてきました。禅もそのなかのひとつだった」。どうぶつたちの奇妙な会話や疑問に、不条理な公案を楽しんでいたことが、なにがしかの影響を与えているのでは、とたずねると、テレヘン自身もその可能性を認めていた。

とはいえ、ロシア文学も『たのしい川べ』も禅も、その影響を語ることが無意味に思えるほどテレヘン作品のオリジナリティは突出している。前出の書評にあるように、大人でも子どもでも

〈考える人〉であれば、だれもがそれぞれ自分なりの読み方のできる物語であると思う。

テレヘン文学の面白さにいち早く気づき、日本での紹介に二十五年以上、お力添えくださった谷川俊太郎さんに改めて感謝申しあげたい。多くの読者に届くかたちを考えてくださった編集者の須貝利恵子さんをはじめとする新潮社の方々、『ハリネズミの願い』同様、眺めているだけでしあわせな気持ちになるイラストを描いてくださった祖敷大輔さん、今回もすてきな本に仕上げてくださった望月玲子さんにも心から感謝している。

今年二十四歳になるわたしの息子が生まれたとき、テレヘンさんは〈キミがこの世にやって来た記念に〉という言葉とともにこの本をプレゼントしてくださった。テレヘンさんの本を読むこと、お人柄に触れることが、オランダでの暮らしをより豊かなものにしてくれた。テレヘン文学を理解する大人となった息子は、オランダ語の微妙なニュアンスを説明し、よりよい訳になるよう協力してくれた。

七十六歳のいまも、年末になると、新作の〈どうぶつたちの物語〉を自作の週めくりカレンダーにして友人たちに贈りつづけているテレヘンさん。その尽きることのない魅力あふれる世界を、ますます多くの方と共有できるよう願っている。

二〇一八年四月一日　アムステルダムにて

長山さき

＊本書は、二〇〇〇年にメディアファクトリーから刊行されたトーン・テレヘン著／長山さき訳『だれも死なない』を改題し、省略されていた八章を加え、翻訳全体を見直した完訳版です。

BIJNA IEDEREEN KON OMVALLEN
Toon Tellegen

きげんのいいリス

著者
トーン・テレヘン
訳者
長山さき
発行
2018年4月25日
2刷
2018年5月20日
発行者　佐藤隆信
発行所　株式会社新潮社
〒162-8711 東京都新宿区矢来町71
電話 編集部 03-3266-5411
読者係 03-3266-5111
http://www.shinchosha.co.jp

印刷所
株式会社精興社
製本所
加藤製本株式会社

乱丁・落丁本は、ご面倒ですが小社読者係宛お送り下さい。
送料小社負担にてお取替えいたします。
価格はカバーに表示してあります。

ISBN978-4-10-506992-6 C0097